Uta Claus / Rolf Kutschera
Die endgültige Weihnachtsgeschichte

Eichborn Verlag

Uta Claus, 1949 in Krefeld geboren, Studium, Diplompädagogin, freie Mitarbeiterin für Rundfunk und Fernsehen.

Rolf Kutschera,
1949 in Stuttgart geboren, seit 1975 freier Cartoonist, Trickfilmzeichner, Mitarbeiter bei NDR und Südfunk. 1978–1980 Lehrauftrag an der Staatlichen Akademie für bildende Künste in Stuttgart.

Claus, Uta:
Die endgültige Weihnachtsgeschichte / Uta Claus ; Rolf Kutschera. – 1. Aufl. – Frankfurt am Main : Eichborn, 1987.
ISBN 3-8218-1899-9

NE: Kutschera, Rolf:

Cover: Rolf Kutschera. Gesamtherstellung: Fuldaer Verlagsanstalt GmbH. ISBN 3-8218-1899-9.
Verlagsverzeichnis schickt gern: Eichborn Verlag, D-6000 Fankfurt 70

Inhalt

1. Kapitel

Stunk in Juppis WG

»Ich hab echt keinen Schimmer, wie das passiert ist«, giftete Maria und klapperte noch lauter mit dem Geschirr rum, als sie es eh immer schon tat.

Knack, das war der Henkel. Auch egal. Sollten doch ruhig alle mitkriegen, daß sie mal wieder der Arsch war, der immer spült. Nie wieder WG.

»Ich kapier es selber nicht, Juppi, da brauchste gar nicht so bescheuert aus der Wäsche zu gucken. Schnapp dir lieber das Handtuch und trockne ab. Ich hab nun wirklich keinen Trieb, das auch noch selber zu machen.«

Josef war stinksauer. Erstens mal konnte er es absolut nicht ab, wenn Maria »Juppi« zu ihm sagte. Immerhin war er 20 Jahre älter als die blöde Kuh. Und zweitens konnte ihm nun wirklich keine Braut unterjubeln, sie wüßte nicht, wieso sie schwanger ist. Von ihm jedenfalls nicht, so viel war klar.

Maria hatte ihn ja nie rangelassen, hatte ja immer so getan, als hätte sie nix am Hut mit Sex. Und er, verknallt und blind wie er war, hat's natürlich geschluckt und geglaubt, er kann sie schon knacken, wenn sie erstmal ne Weile ihren Krempel zusammengeschmissen haben.

Aber Asche! Kein Stück war da gelaufen!

Josef knallte die Bierpulle auf den Küchentisch, quälte sich aus der Eckbank raus und fingerte nach einem einigermaßen sauberen Handtuch.

»Meinste etwa, ich fänd das so toll, daß es mich erwischt hat?!«

Josef schnippte eine grüne Nudel vom Boden einer Tasse, und Maria kam so richtig in Fahrt. »Manchmal hab ich echt das Gefühl, daß da irgend jemand seine Finger mit drin hat. Immer erwischt's die, die am meisten aufpassen.«

Knack, das war wieder ein Henkel. Diesmal bei Josef.

Irgendwie hatte er das Gefühl, daß er seine Beziehung zu Maria doch nochmal gründlich reflektieren sollte. Er schlurfte zum Telefon im Gemeinschaftsraum rüber und machte Jakob klar, daß er ihn erwürgen würde, wenn er jetzt nicht mal bald aufhören würde mit der Telefoniererei. Der faselte was von politischer Arbeit,

verzog sich dann aber in sein Zimmer, und Josef konnte endlich seinen Psychotherapeuten anrufen. Zum Glück bekam er gleich für nächste Woche einen Einzeltermin. In der Männergruppe wollte er die Sache nämlich nicht rauslassen. Vielleicht war's ja einer von denen.

Mit seinen Frauen war Juppi eigentlich noch nie so richtig klar gekommen. Aber auf Maria, da stand er diesmal wirklich ungeheuer, dagegen waren die anderen Tussis die absoluten Luschen gewesen. Maria wollte er sich nicht durch die Lappen gehen lassen, das hatte er sich geschworen, als sie zu ihm in seine WG gezogen war.

Aber schwanger, das war echt ein dickes Ei!

Wahrscheinlich hatte er sich viel zu viel von der Frau bieten lassen, nur weil sie ihn manchmal auf so 'ne sanfte Tour anglotzte. Und wenn sie sich auf ihre Art in den Fernsehsessel lümmelte, sah sie richtig madonnenhaft aus. Dann schwappte jedesmal der Pudding in seinen Knien.

»Mensch, reiß dich am Riemen, Junge«, sagte Jakob. Er wollte nur mal gerade die Lage in puncto Telefon peilen. »Du mußt der Dame halt mal zeigen, wo's lang geht, sonst packt die dich doch komplett ein. Wenn das meine Schnepfe wär, die wär schon längst rausgeflogen.«

Peng, das war ein Teller. Aber Jakob hatte sich gerade noch rechtzeitig ducken können. Alter Reflex aus Schulzeiten. Also knallte das frisch gespülte Geschoß ans Anti-Kriegs-Plakat. Bei Maria stand die Kernschmelze bevor. An sie dachte mal wieder kein Schwein. Schließlich mußte sie ja das Kind kriegen. Wie sie das alles schaukeln sollte, war ihr sowieso völlig schleierhaft. Und dann machten diese dämlichen Typen auch noch gemeinsame Sache. Außerdem war ihr kotzschlecht.

Sie knallte die Tür hinter sich zu, daß wieder mal ein Stück Putz aus dem Rahmen bröckelte, raste in ihre Bude, schnappte sich Juppis Bettzeug von der französischen Matratze und schmiß es in Jakobs Zimmer. Der »Playboy« segelte hinterher. Juppis Schnarcherei ging ihr in den letzten Nächten sowieso unheimlich auf den Wecker. Heute nacht würde sie wenigstens mal wieder ordentlich pennen können.

Bei dieser Vorstellung ging es ihr schon eine Nummer besser. Sie schob sich dann eine Eagles-Kassette in den Walkman, fletzte sich neben den Kühlschrank und zog sich ein Glas saure Gurken rein.

2. Kapitel

Blackout im Tempel

So ungefähr ein halbes Jahr vor dem Knatsch in Juppis WG war auch bei einem anderen Pärchen reichlich dicke Luft. Und wie's der Zufall wohl so wollte, ging's bei denen auch um die Kinderkriegerei. Allerdings war die Sache bei Lisa und Zachi ziemlich andersrum.

Die beiden wollten wohl immer Nachwuchs haben, hatten sich anscheinend auch redlich abgerackert, aber es war jedes Mal völlig in die Hose gegangen. Das Ganze wurde natürlich Lisa in die Schuhe geschoben. Sie wäre unfruchtbar, hieß es immer am Stammtisch, wenn dieses Thema mal wieder gespielt wurde. Aber auf die Idee, daß Zachi der Laschmann war, kam natürlich keiner.

Lisa war deswegen auch eine Zeitlang mal ganz schön mit den Nerven fertig gewesen. Sie mußte sich ja ständig diese dämlichen Sprüche von wegen »keine richtige Frau« und so anhören und kam sich offensichtlich auf die Dauer dann tatsächlich unterleibsmäßig gesehen ziemlich minderbemittelt vor.

Allerdings schien der Zug inzwischen sowieso endgültig abgefahren zu sein. Zachi ging nämlich mit 60 schon so allmählich auf die Grufti-Karriere zu, und bei Lisa machten sich die Wechseljahre bereits mittels Schweißausbrüchen bemerkbar.

Ansonsten kamen die beiden aber eigentlich ganz gut miteinander klar. Zacharias machte sein Job als Pope mordsmäßig Spaß, Lisa hatte sich mit aller Macht ins Soziale gestürzt, Frauengruppen, Ausländerbetreuung und so, und Sonntagmittags gingen sie mit ihrem Dackel spazieren.

Nur – wie gesagt – die Sache mit der Fortpflanzung, die war der problematische Dauerbrenner. Übrigens wohl auch für Zachi. Er kam sich wohl nicht die Bohne unfähig vor, aber einen Stammhalter hätte er halt schon gerne gehabt. Vielleicht auch nur, um zu wissen, wer die Möbel erbt.

Und dann passierte eben die Sache mit dem Schlaganfall.

Zacharias war wie üblich morgens mit dem Bus in den Dienst gefahren, hatte in der Frühstückspause auch noch seine Salamistulle – nee, seine Käsestulle – mit bestem Appetit verschlungen, da war ihm auf einmal im Tempel so irgendwie ganz anders geworden. Eine Art Blackout muß das wohl gewesen sein. Blutleere im Hirn. Geplatzte Ader oder so. Jedenfalls war das Sprachzentrum eine Weile ohne Sauerstoff, und schon hatte es geschnackelt: Keinen Pieps brachte er mehr raus. Stumm wie Birne, wenn man ihm im Fernsehen den Ton abdreht.

Lisa kam gleich von der Frauengruppe nach Hause gerannt, weil ein Kollege von Zacharias sie dort angerufen hatte. Sie war natürlich völlig fertig und sah schnell ein, daß selbst ihre beliebten Quark-Halswickel vergebene Wickelmüh waren.

Zacharias ließ sich, auch wenn er ja eigentlich in seinem Job nie viel zu sagen hatte, vorzeitig in Rente schicken. Aber daß er jetzt die ganze Zeit zu Hause rumhing, war für Lisa ungeheuer nervig. Zumal er anscheinend sowas wie einen Johannes-Trieb kriegte und Lisa sich kaum vor ihm retten konnte. Er war nämlich auf einmal felsenfest davon überzeugt, daß er doch noch einen Sohn zustande bringen würde. Eine entsprechende Vision hatte er wohl während des Blackouts gehabt und der Lisa noch am selben Abend auf ihren Einkaufszettel geschrieben.

»Jetzt isser völlig übergeschnappt«, dachte sie nur und wußte allmählich nicht mehr, woher ihre Hitzewellen und Schweißausbrüche eigentlich kamen. Aber als sie beim Gynäkologen im Stuhl lag und der ihr zu Zachis Treffer gratulierte, da wär ihr beinahe auch noch die Sprache weg geblieben.

So blieb ihr aber nur die Spucke weg, denn eigentlich war sie ja nur gekommen, um sich Östrogene gegen die Menstruationsstörungen verschreiben zu lassen. »Das ist ja wohl der absolute Hammer!« stellte sie denn also völlig geplättet fest, als sie wieder vom Stuhl runterhechtete und sich in ihren Schlabberrock zwängte. Wenigstens wußte sie jetzt, wieso sie ihre Jeans in der letzten Zeit nicht mehr zugekriegt hatte.

Zu Hause gluckste Zachi ungeheuer happy vor sich hin, als Lisa die Neuigkeit verkündete. Sie selber riß ihr Traumzustand ja nicht gerade vom Hocker. Der behinderte Mann zu Hause, selber schon von den ersten Alterswehwehchen in die Knie gezwungen – und dann auch noch ein dicker Bauch.

»So'n Mist«, seufzte sie, angelte sich die halbleere Rotweinflasche zwischen Quelle-Katalog und Bibel aus dem Regal und goß sich ein ordentliches Glas ein. Zacharias setzte daraufhin umgehend seinen berühmt-berüchtigten strafenden Blick auf und guckte vorwurfsvoll auf das Glas. Daraufhin holte Lisa noch ein zweites Glas, goß es auch randvoll und schob es ihrem Zachi unter die Nase. »Na, denn mal Prost! Ich schlage vor, wir nennen ihn Johannes.«

3. Kapitel

Lisa kriegt den Mund nicht voll

Maria hatte die Nase gestrichen voll.

Eigentlich wollte sie ja mit der Suzuki zu Lisa rausfahren. Aber Juppi hatte zwischen zwei Bissen Nutella-Brötchen nur genuschelt, sie könne sich ja die Harley-Davidson vom Heiligen Geist leihen. Seine Suzuki kriegte sie jedenfalls nicht mehr.

»Schieb dir deinen Potenzverstärker doch sonstwo hin«, hatte Maria darauf geantwortet, den Rest vom Müsli in den Öko-Mülleimer befördert und ihren Action-Bag gepackt.

Jetzt saß sie also in der S-Bahn, las im neuen ›stern‹ einen Artikel über Scheinschwangerschaften und hörte dabei dermaßen laut die Eagles im Walkman, daß die anderen Leute im Wagen mal wieder ihre üblichen Sprüche über die Jugend von heute loswurden.

Dann passierte natürlich, was passieren mußte. An der nächsten Station kam ein Kontrolleur betont unauffällig in den Wagen gestiegen. Maria wurde ziemlich heiß, weil sie statt Ticket halt den ›stern‹ gekauft hatte – wegen der Titelgeschichte.

»Na, denn gute Nacht«, wollte sie gerade denken, da kam der Kontrolleur auf sie zu. »Sind Sie nicht die Desirée Bethge aus dem Fernsehen?«

Maria hatte zwar keine Ahnung wer Desirée Bethge war, aber grinste auf alle Fälle mal, um Zeit zu gewinnen. Da zog der Typ seinen Strafzettel-Block aus der Aktentasche, daß Maria die zweite Hitzewelle überkam, wollte aber nur auf der Rückseite ein Autogramm von ihr haben.

»Das hab ich gleich gesehen, daß Sie jemand ganz Bekanntes sind«, keuchte der inzwischen leicht schwitzende Mann und fing auch gleich an aufzuzählen, wen er sonst noch alles beim Kontrollieren kennengelernt hatte. Von denen kannte Maria allerdings nur Joschka Fischer.

»Ich gebe grundsätzlich keine Autogramme in öffentlichen Verkehrsmitteln«, sagte sie schnell. Sie wußte ja nicht einmal, wie man Desirée schreibt. Gnädig lächelnd erhob sie sich daraufhin, schob sich den Kopfhörer wieder über die Ohren und schritt zur Wagentüre. Der Zug fuhr gerade in eine Station ein. »Tut mir leid. Ich muß jetzt zu einer Probe mit Rudi Carrell«, bekamen die Leute gerade noch zu hören, dann war sie draußen und machte drei Kreuze.

Seit wann hatte sie einen Schutzengel?

Mit der nächsten Bahn fuhr sie dann weiter, stellte bei der Fortsetzung ihrer Lektüre allerdings enttäuscht fest, daß ihr Fall wohl nicht unter der Rubrik »Scheinschwangerschaft« einzuordnen war.

Zu Lisa fuhr sie übrigens nicht nur wegen ihrem Knatsch mit Juppi, sondern vor allem, weil sie erfahren hatte, daß die Gute auch mit Mutterglück gesegnet war, und zwar schon ganz schön dicke. Das hatte ihr der Frauenarzt erzählt, gleich nachdem sie leicht geklatscht das positive Ergebnis ihres Krötentests entgegengenommen hatte. Wobei sie nie kapieren konnte, wieso das »positiv« hieß, wo's doch eigentlich negativ war. Egal. Jedenfalls war Lisa 'ne echt starke Frau, mit der man gut quatschen konnte. Und so ein gemeinsamer Frauenarzt, der verbindet.

Zacharias war gerade für Lisa im Supermarkt. Sie schrieb ihm immer einen Zettel, auf den er dann zeigen konnte, wenn er irgendwas nicht fand. Auf diese Weise kam der Junge wenigstens mal aus dem Haus, der Hund auch, und sie konnte sich in Ruhe die Haare von den Beinen machen oder so. Da nöhlte Zachi sonst immer rum, woran ihn auch seine Sprachlosigkeit nicht hindern konnte.

»Mit Wachs geht's am besten«, sagte Lisa und ließ den Rock von ihrem Umstandskleid wieder runter. Naja, dieses Problem hatte Maria wenigstens nicht. Aber so tonnenförmig wie Lisa würde sie dann ja wohl auch bald sein.

»Du, Lisa, mich hat's auch erwischt«, packte sie gleich aus, »aber ich weiß nicht so genau mit wem. Eigentlich könnte das nämlich gar nicht sein.«

Lisa kriegte erstmal den Mund nicht wieder zu, so daß Maria eingehend dessen Goldfüllungen betrachten konnte. Da hatte der Zahnarzt wirklich gute Arbeit geleistet. Dann krümmte Lisa sich zusammen, weil ihr der Nachwuchs von innen einen perfekten Schwinger verpaßt hatte. »Ich glaub, da will dich jemand begrüßen«, kicherte sie und steuerte ins Wohnzimmer rüber. Sie war nämlich inzwischen richtig gut drauf, las jede Menge Ratgeber-Bücher und hatte auch schon die ›Eltern‹ abonniert. Trotzdem konnte sie verstehen, daß Maria reichlich daneben war, zumal die Sache mit der Zeugung ja offensichtlich auch nicht gerade eine Geschichte war, die man überall rumerzählen konnte.

»Warte mal ab, in ein paar Jahren haben unsere beiden Knaben garantiert schon ihre erste Gang, deiner ist dann der Häuptling von der Bande und sagt den andern, wo's lang geht. So wie ich dich kenne.«

»Amen«, sagte daraufhin Maria und schob sich einen Negerkuß in den Mund.

Die Nacht über pennte sie auf der Ledercouch in Zachis Arbeitszimmer. Nachdem die Unterhaltung etwas einseitig verlaufen war, hatten sie halt die ganzen Fernsehprogramme durchgedrückt und waren schließlich auf einem Rock-Musical hängengeblieben. »Jesus Christ Superstar« hieß das, und Maria hatte die ganze Nacht von dem blondgelockten Superstar geträumt.

Als sie sich's am nächsten Morgen nach dem Frühstück mit der Zeitung gemütlich machen wollte, kam natürlich prompt Juppi angefahren. Nie ließ er sie in Ruhe Zeitung lesen.

Er hatte anscheinend eine gute Sitzung bei seinem Therapeuten gehabt und fand nun, daß er ein echtes Macho-Schwein wäre, wenn er Maria hängen lassen würde. Das sah Maria ganz ähnlich.

Von Ria bekam er dann noch per Zettel den Auftrag, eine Wiege zu bauen, Auslieferungstermin spätestens in drei Monaten, dann schmiß er den Motor wieder an. Maria liftete den schwarzen Lederrock ein Stückchen, nahm ihre Pumps in die Hand, stülpte sich den Helm über die rötliche Stoppelfrisur und schwang sich hinter Juppi auf die Suzuki.

4. Kapitel

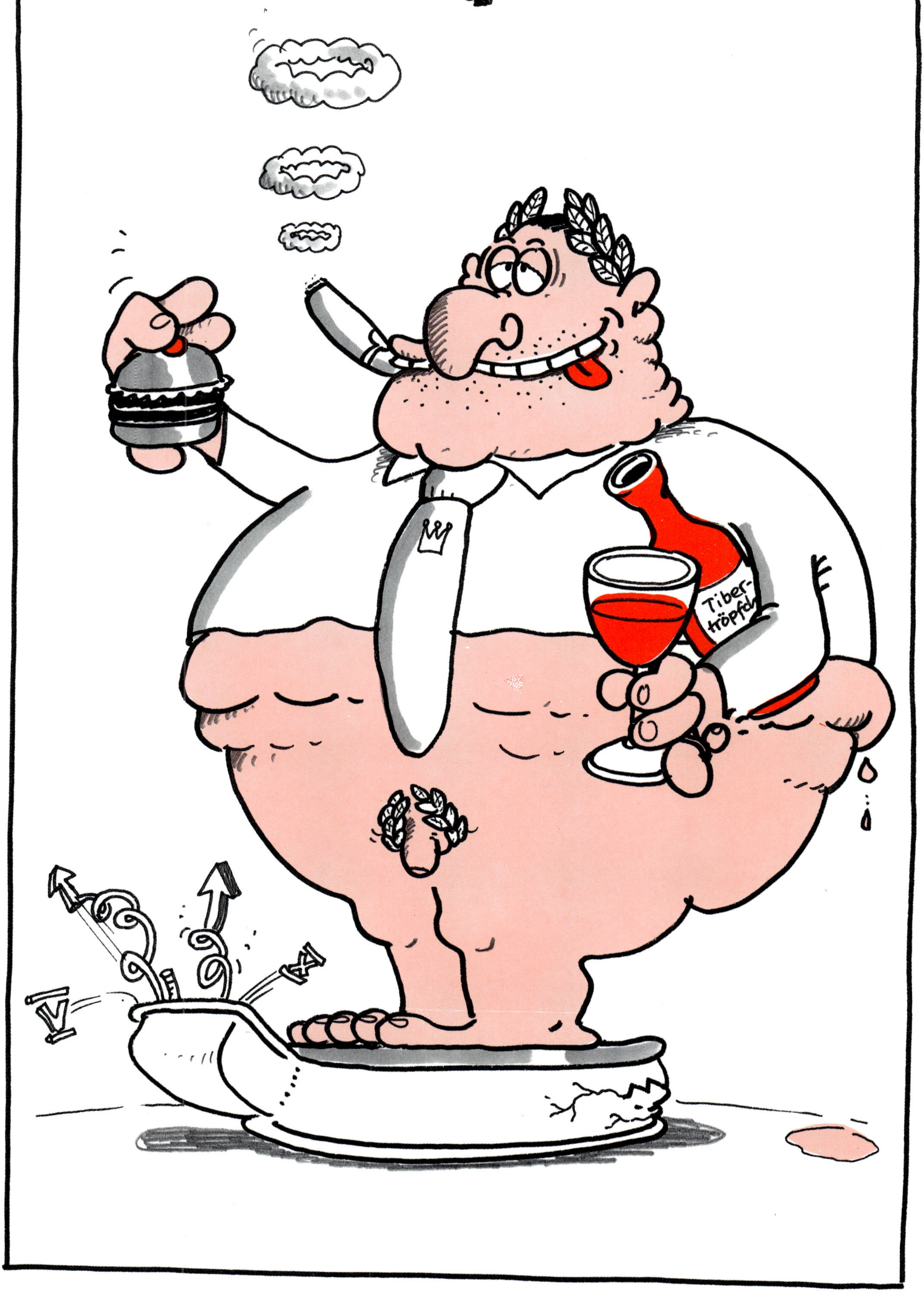

Von Sahnetörtchen und Tiber-Tröpfchen

Weit weg in Rom schob sich Augustus gerade noch ein Sahnetörtchen in die Backentaschen, lutschte sich Daumen und Zeigefinger ab und zurrte den Schlips fest. Blaue Seide mit eingestickten goldenen Krönchen, Augusta hatte Geschmack. Aber die Sahnetörtchen versaute sie immer total. Die ließ er sich lieber im Groß-Abo vom Konditor am Hofgarten ankarren.

Mit Schrecken dachte Augustus an seine jährliche Fastenkur, die mal wieder kurz bevorstand. »Echt aidsend«, schnaufte er, setzte sein Regier-Gesicht auf und drückte sich durch die Türe zum Flur. Daß die ganze Blase gerade heute angerückt kam, paßte ihm absolut nicht in den Kram. Er hätte sich nämlich verdammt gerne vor die Glotze gehockt, um das Tennis-Turnier anzugucken. Und jetzt mußte er mit diesen ganzen Gouverneuren da unten rummachen.

Er baute sich wie üblich oben an der Freitreppe auf, wartete auf das Zeichen für seinen Auftritt und trabte locker-flockig und jovial grinsend die Treppen runter. Das machte ihm so schnell keiner nach!

Die Gouverneure waren denn auch alle mordsmäßig beeindruckt und beschlossen, das auch mal zu Hause vorm Spiegel zu üben.

Nachdem die übliche Foto-Orgie gegessen war, ging's dann zum Dienstgespräch ins Sitzungszimmer. Augustus thronte am Kopfende, hinter ihm an der Wand ein Foto von Caesar im Goldrahmen. Er war stolz drauf, Caesars Enkel zu sein.

»Alle mal herhören«, sagte er dann, »die Lage im Reich ist ziemlich beknackt, es fehlt an Penunzen.«

Immerhin wollte Augustus als Friedenskaiser in die Schulbücher einziehen, und Augusta hatte ihm verklickert, daß das nur mit jeder Menge Zisterzen gehen würde. Aber seitdem er die Abgeordneten-Diäten erhöht hatte, war halt gähnende Leere in der Reichskasse.

»Ist die Stimmung noch so trübe – immer hoch die alte Rübe«, meinte daraufhin einer der Gouverneure, ein gewisser Quirinius, der Runden dieser oder ähnlicher Art ständig mit Gereimtem nervte.

»Vor allem blickt kein Schwein mehr durch, was bei euch auf Länderebene so alles läuft und wo da was zu holen ist«, fuhr Augustus staatsmännisch fort. Wenn er was haßte, dann waren es Reime. »Was wir brauchen, ist also eine Volkszählung.«

Diese Idee kam etwas plötzlich, sie war zugegebenermaßen nicht auf seinem und auch nicht auf Augustas Mist gewachsen. Für sowas hatte man schließlich seinen Arbeitsausschuß, und der hatte tatsächlich eine brauchbare Strategie aus der Tasche gezogen.

Ad 1: Checken, wer sich so alles im Reich und seinen Anhängseln tummelt.

Ad 2: Prüfung der Besitzverhältnisse.

Ad 3: Abkassieren.

Wie immer hatten die Gouverneure die Lage der Nation samt neuester Beschlüsse geschluckt und ausgiebigst »Himmlisches Tibertröpfchen« hinterhergespült. Nur einer aus der Runde guckte ziemlich sauer aus der Wäsche und stellte ständig so fiese Nachfragen. Ob denn das Ganze mit dem Datenschutz vereinbar wäre und so.

Erst dachte Augustus, der Junge hätte 'ne Gastritis oder 'ne kranke Oma zu Hause. Aber daß selbst Quirinius geistreicher Einwurf »Ham wir erst die Daten – könn' wir sie verbraten« zwar die ganze Blase zum Prusten brachte, dem Typen mit dem schwarzen Schnäuz aber kein müdes Grinsen entlocken konnte, hatte Augustus mißtrauisch gemacht. Er zählte mal kurz durch, stellte fest: Ein Mann zuviel an Bord! Und schon hatte es bei ihm geklickert.

Quer über den Tisch hechten und dem Stänkerer den Schnäuz runterreißen, war praktisch eins.

»Wehe dir, Bube, du dist entlarvt!« kreischte Augustus, und die Gouverneure, die sich gerade über das verschüttete Tibertröpfchen bekümmern wollten, kapierten, daß sich jener Dunkelmann eingeschlichen hatte, der die höheren Etagen unter dem Namen Günther Wallraff vergrätzte. Da war wohl ein neues Buch über die

Kungelei zwischen Kaiser und Gouverneuren in Arbeit.

Nach den bei solchen Zwischenfällen üblichen Handgreiflichkeiten konnte die Sitzung dann aber weiter durchgezogen werden. Man kam mit dem Vorhaben bestens zu Potte, beschloß allerdings aus Kostengründen, keine Zähler rumzuschicken, sondern die Leute an ihrem ersten Wohnsitz zu erfassen.

Dann ging man zum gemütlichen Teil des Abends über, fummelte sich die Schlipse los und wuchtete die schwarzen Köfferchen auf den Tisch.

Da die Finanzen und damit der Frieden sozusagen in Butter waren, konnte man jetzt ans Abklopfen der Connections gehen.

Vor allem Quirinius hatte da Dickes im Gepäck. Er flog nämlich einmal im Monat mit seinem König Herodes fürs Weekend nach Bangkok. Von Liege zu Liege hatte er da schon manche Offerte einholen können. Seine Exzellenz war nämlich nicht nur scharf, sondern auch immer heiß auf Waffengeschäfte.

An dieser überaus spannenden Stelle schob Augustus dann allerdings ärgerlicherweise seinen noch leicht sahnefettigen rechten Zeigefinger unter den Tisch und drückte einen kleinen Knopf.

Deshalb liegen leider keine Informationen darüber vor, wie diese Sitzung weiterging.

5. Kapitel

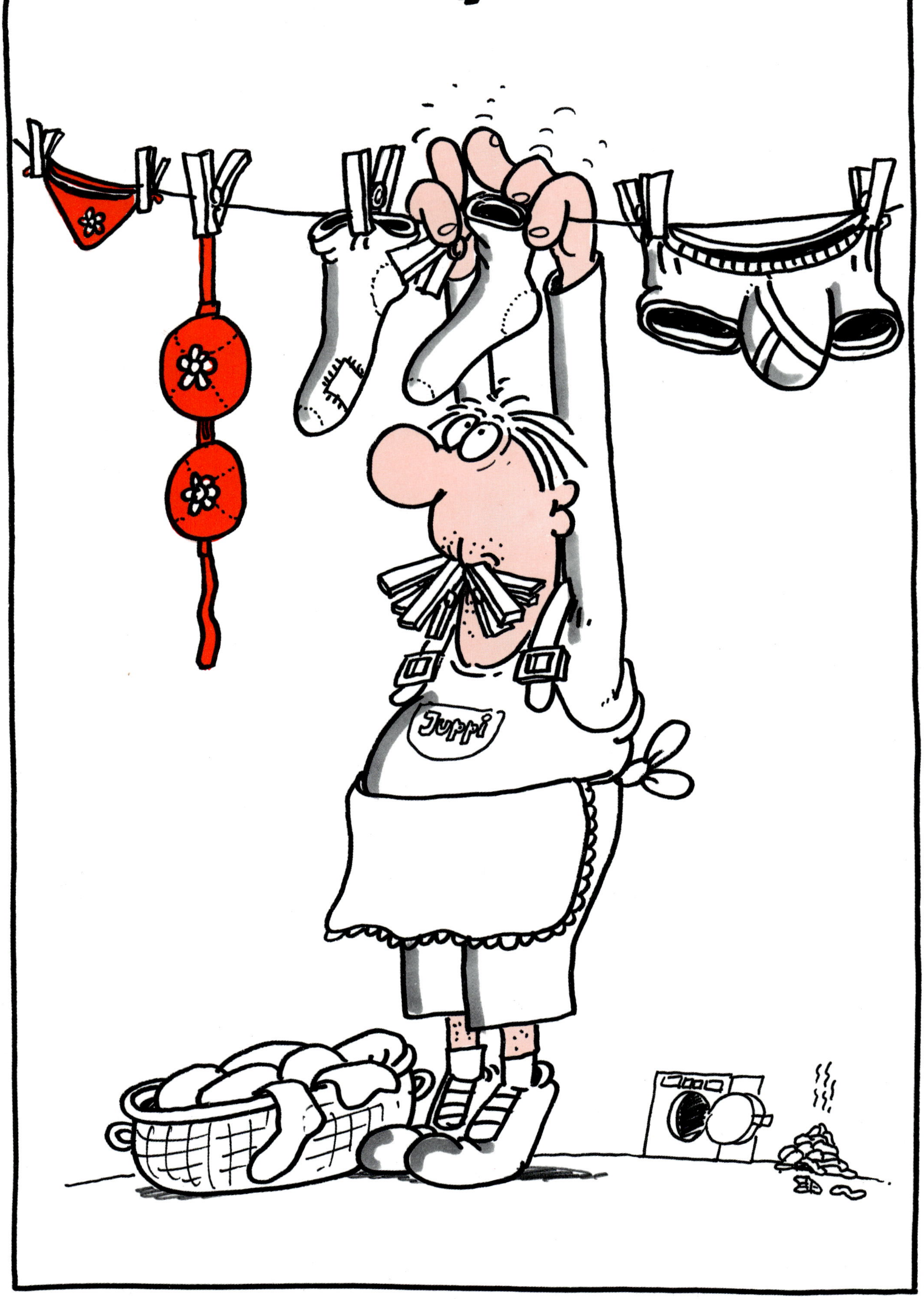

Himmelblaue Underwear

»Klarer Fall, wir boykottieren!« hustete Juppi aus einer Holzstaubwolke raus.

»Käse!« fand dagegen Maria diese Lösung.

Seit Tagen machten sie nun schon an der gleichen Sache rum. Diese Volkszählung war wirklich ein starkes Stück.

»Die Spinnen, die Römer«, war Juppis erster Kommentar gewesen.

Aber noch war das alles ja nicht sicher. Immerhin gab es einen ganzen Haufen Leute, die einiges an Gegeninitiativen in Gang gebracht hatten. Deswegen waren sie auch offensichtlich Jakob schon seit Tagen nicht mehr über den Weg gelaufen. Nur seine Dreckssocken und seine Miefhosen lagen immer auf dem stinkigen Haufen neben der Waschmaschine.

Daß Maria ihn so hingekriegt hatte, daß seine Dessous nicht mehr überm Toaster und der Yucca-Palme hingen, war zwar schon ein grandioser Erfolg, daß aber Jakob mal freiwillig die Waschmaschine anschmiß, war wohl absolut nicht drin. Was Maria auch ehrlich gesagt nicht weiter juckte, weil Juppi die Waschfrau war. Diesen Job hatte er völlig entnervt übernommen, als Maria garantiert immer einen dunkelblauen Socken in der Kochwäsche mitwusch.

Juppi hatte die Nase gestrichen voll von himmelblauer Underwear.

Die wöchentliche Waschorgie war also nicht das Problem, sondern der Kühlschrank. Der war nämlich jeden Morgen komplett kahlgefressen. Rollmops im Glas war das einzige, was man coolen Mutes über Nacht drin lassen konnte.

Von Fisch bekam Jakob Ausschlag.

»Das ist das Quecksilber da drin«, hatte er immer behauptet, was aber ziemlicher Schwachsinn war. Denn von Quecksilber in verseuchten Fischen kriegt man zwar Leber- und Nervenschäden, aber bestimmt keine Pickel.

Wie dem auch sei, jedenfalls war wegen Jakobs politischer Arbeit der Kühlschrank ständig leer und die Stimmung gereizt.

»Ich fall um vor Hunger«, schniefte Juppi und stellte den Schwingschleifer endlich ab.

Immer, wenn er die Nase voll Holzstaub hatte, fragte er sich, wie er wohl auf die hirnrissige Idee gekommen war, von Lehrer auf Schreiner umzuschulen. Pauker war doch eine saubere Sache, der Kies floß regelmäßig aufs Konto, und wenn diese Mini-Zombies einen nicht völlig fertig machten, kam man eigentlich immer ziemlich unverschwitzt wieder aus dem Bunker raus.

Beim Kreativ-Urlaub in der Toscana während der großen Schulferien war er dann drauf gekommen, daß er sich endlich selbstverwirklichen mußte, und zwar durch handwerkliche und selbstbestimmte Arbeit.

Die Umschulung bekam er vom Arbeitsamt bezahlt.

»Vegetative Dystonie durch Rumärgern mit Monstern« oder so ähnlich hatte der Amtsarzt bestätigt. Sonst wäre die Sache niemals so reibungslos gelaufen.

»Ich nagel den Typ gleich an die Wand!« explodierte inzwischen Maria im Nebenzimmer, was Juppi aber nicht weiter störte. Er merkte, wie sich einer seiner depressiven Schübe meldete. Darunter litt er schon seit Jahren und ganz besonders dann, wenn er Hunger hatte und unterfordert war.

Und er hatte Hunger und war unterfordert. Die Wiege für Zachi war nun wirklich nicht gerade ein Auftrag, bei dem man sich den Kopf zerbrechen mußte.

»Jetzt nagel ich den aber echt an die Wand«, stöhne Maria schon wieder von nebenan. Also schlurfte Juppi zu ihr rüber. Eine Unterbrechung war ihm eigentlich ganz recht.

Maria hing mit hochroter Birne über dem Heim-Computer, den Juppi und Jakob für die

Werkstatt angeschafft hatten, und wies zur Zeit nicht überwältigend viel Madonnenhaftes auf. Sie rastete fast aus, weil sie nicht an die Abrechnungen vom Sägewerk rankam. Seitdem Jakob in der »AG Volkszählung« war, hatte der Computer irgendwie eine Macke und spucktes alles Mögliche aus, aber garantiert keine Holzpreise.

Jetzt servierte er ihr zum Beispiel eine Liste mit unaussprechlichen Stoffen, die vielleicht in ein Chemie-Labor paßten, nicht aber in eine Schreinerei. »Da war der Volkshochschulkurs doch glatt für'n Arsch!« Maria trommelte mit beiden Fäusten auf dem Bildschirm rum. Immerhin war sie sechsmal anderthalb Stunden in »Dein Home-Computer und Du« getigert, um Basic zu lernen, und hatte auch noch einen kleinen Braunen dafür hingeblättert.

»Auf die beknackte Idee, euch die Buchhaltung zu machen, nur weil ich keinen Job finde, hätte ich gar nicht erst einsteigen sollen. Und dann auch noch mit so einer Japsenkrücke aus dem Sonderangebot!«

»Ich glaub, mich beißt 'ne Muschel!« kicherte Josef plötzlich, als er sah, was auf dem Bildschirm erschienen war. »Das sind ja völlig fremde Daten. Jakob ist wohl unter die Hacker gegangen, was?!«

»Aber was soll denn der Quatsch. Wieso steht da ›Südschwein‹ und darunter diese ganzen Chemikalien!« Mäßig beeindruckt starrte Maria nun auch wieder auf die Mattscheibe.

»Natriumnitrit, Natriumascorbat, Monodiglyceride verestert mit E 330 und E 334, Cochenille-Rot, Formaldehyd, Natamycin . . .«, holperte Juppi durch die Zeilen.

»Keine Ahnung, was das sein soll. Vielleicht braut da einer eine neue Sorte Holzschutzmittel zusammen oder ein Medikament gegen Aids. Ich werde Jakob mal ausquetschen, wenn er sich blicken läßt.« Sein Magen knurrte so laut, daß die abendliche Hausruhe wahrscheinlich mal wieder nicht eingehalten wurde.

»Ich weiß nur, daß ich einen Wahnsinnshunger habe. Alles andere ist mir jetzt völlig Wurst«, seufzte er.

Dann gingen sie Rollmops essen.

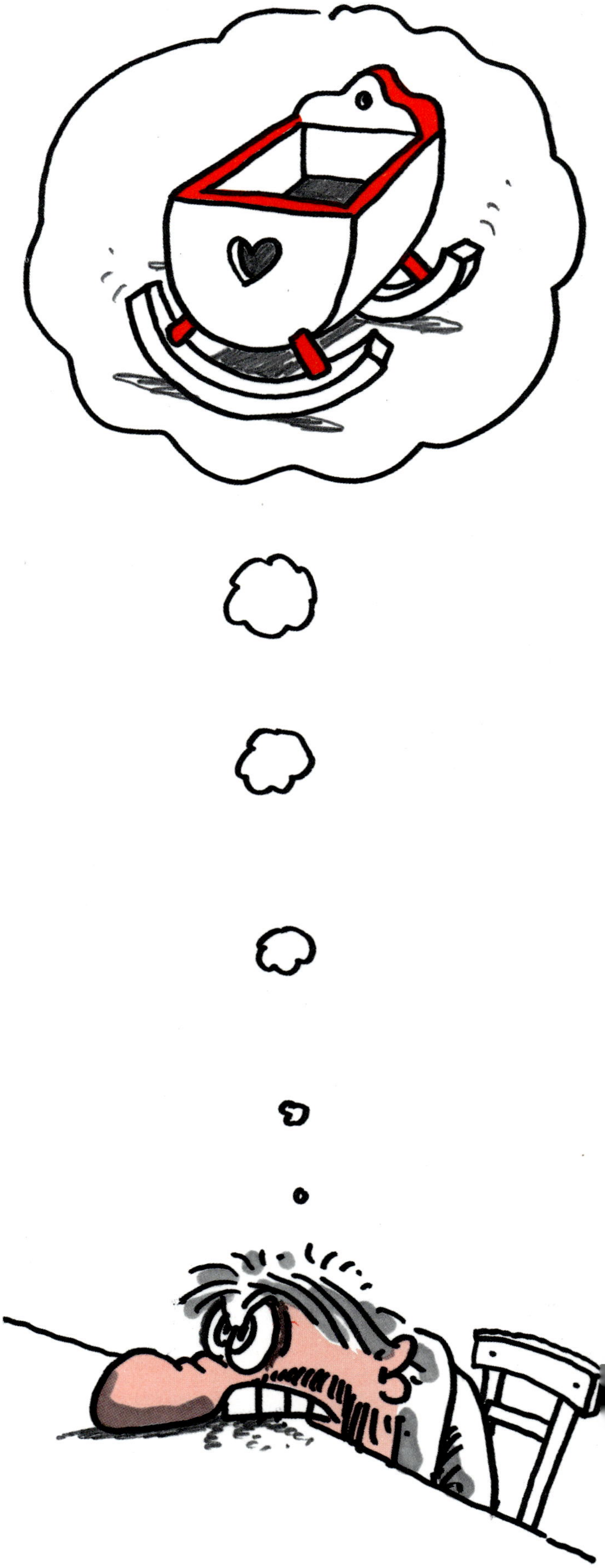

6. Kapitel

Keine Chance für Ultra-Schall

Lisa stand zwar auf sanfter Geburt, hatte aber keine passende Klinik gefunden. Das war halt der Mist, wenn man auf der Matzblöke wohnte.

Ihr Frauenarzt hatte aber ein paar Betten im Kreiskrankenhaus, und weil dort wenigstens Rooming-in gemacht wurde, war Lisa schließlich einverstanden und meldete sich an. Der Doc war sowieso schon einem Schreikrampf nahe, weil sie jede Art von mezinischer Vorsorge dankend abgelehnt hatte, z. B. eine Untersuchung des Fruchtwassers. Dabei war Lisa ja wirklich nicht mehr ganz taufrisch, und bei dieser Art von Schwangerschaft war das Risiko, daß nicht gerade das rauskam, was man sich erträumt hatte, nunmal ziemlich groß.

Aber in dem Punkt war Lisa bockelhart gewesen. Selbst Ultra-Schall hatte bei ihr nicht den Hauch einer Chance gehabt. Zu allem Überfluß hatte sie übrigens auch noch behauptet, sie wüßte eh, daß es ein Sohn würde, und gegen ihre Quelle würde selbst der Ultra-Schall total abstinken. Der Doc dachte insgeheim an eine Art magischen Frauenzirkel. In seinen Wartezimmer-Zeitschriften hatte er glesen, daß es in der neuen Frauenbewegung eine Art Renaissance solcher Bünde gab.

Lisa lag zweiter Klasse. Im Bett nebenan wartete eine Leihmutter, mit der sie diesen neuen Beruf »Gebärmutter« von vorne bis hinten durchkaute. Irgendwie faszinierte sie die Vorstellung. Aber für Geld? Nee! Da war sie mit Maria einer Meinung gewesen, als die mal gerade auf Besuch reinschaute.

Die Geburt lief wie geschmiert. Zacharias hatte man in einen weißen Kittel gesteckt, daß er aussah wie der Erzengel Gabriel, nur halt grau statt blond. Zum Glück war Zachi immer mit zur Schwangerschaftsgymnastik gekommen und hatte mit Lisa Atmen geübt. Er war zwar immer noch stumm wie ein Fischstäbchen, aber die Atmerei klappt auch so hervorragend.

»Gratuliere, ein Mädchen!« sagte die Hebamme nach einem letzten gemeinschaftlichen Kraftakt.

»Quatsch!« meinte daraufhin Lisa ziemlich groggy, aber doch völlig cool, »gucken Sie mal richtig hin, das muß ein Junge sein!«

Natürlich hatte Lisa recht, und die Hebamme beschloß, sich einen Termin beim Augenarzt geben zu lassen. Um die peinliche Situation locker zu überspielen, fragte sie schnell, wie er denn heißen soll, dieser süße Knabe.

»Johannes«, krächzte es daraufhin aus Zacharias' Ecke. Seine Stimmbänder waren zwar noch etwas eingerostet, aber funktionierten ansonsten einwandfrei. Ein Phänomen, das der medizinischen Fachwelt nicht unbekannt ist. Wobei allerdings nie geklärt werden konnte, ob in diesem speziellen Fall die Begeisterung über die Geburt des Sohnes oder der Schock durch die anfängliche Fehldiagnose »Tochter« die Ursache gewesen war.

Inzwischen machte sich's Lisa in ihrem Zweite-Klasse-Bett gemütlich, den schrumpeligen Johannes im Plastikbecken neben sich. Zachi war wieder zu Hause, telefonierte wie ein

Wilder in der Gegend rum, da hatte er offensichtlkich einen gewissen Nachholbedarf, und schrieb Geburtsanzeigen.

Derweil dann Lisa eine eindeutig zu diagnostizierende Schwangerschafts-Psychose übermannte. Vor allem litt sie unter regelrechten Horror-Visionen, was ihrem Johannes alles zustößen könnte, von der Kinderlähmung über Legasthenie bis zum Autounfall und Meuchelmord.

Weil ihr allmählich unheimlich wurde, drückte die Leihmutter, die geburtsmäßig gesehen immer noch in den Startlöchern kniete, die Schwesternklingel. Daraufhin kam erst ein Zivi angerast, der dann aber so geschockt war, daß er den Klinikboß Prof. Dr. Klaus Brinkmann von seinem Sofa zerrte.

Leicht verknittert schwebte der dann in Lisas Zimmer ein, Schwester Christa, ebenfalls leicht zerknittert, in seinem Gefolge. Der Prof warf Lisa einen tiefen Blick in die Pupille, Schwester Christa deponierte ihre kühle Nivea-Hand auf deren Stirn, und schon war Lisa wieder bester Stimmung.

Man wollte ob des Erfolgs gerade ein Fläschchen Schampus knallen lassen, da gab es auf dem Gang ein höllisches Geschrei. Ein knackiger Dressman kam in weißem Kittel, mit gefährlich baumelndem Stethoskop und wilder Miene ins Zimmer gestürzt.

»Jetzt hab ich euch erwischt«, keuchte er.

»Aber Herr Doktor!« flüsterte der Zivi.

»Udo!« brüllte der Prof nun leicht unbeherrscht, und Schwester Christa hauchte »Klausi-Mausi, denk an deinen Herzschrittmacher!«

Sie verlagerte ihre kühle Nivea-Hand von Lisas Stirn auf den Arm vom Prof.

Als Lisa am nächsten Morgen aufwachte, hatte sie keinen blassen Schimmer, was in der letzten Nacht tatsächlich abgelaufen war. Und als die Leihmutter zwar ihr Leihkind vorweisen konnte, nicht aber eine Bestätigung der nächtlichen Ereignisse, schwor Lisa sich »Nie wieder Psycho-Pharmaka!« und rief Zachi an. Der sollte ihr »Hexenfurz und Teufelsdreck«, das Buch über Heilkräuter aus dem Eichborn-Verlag für 20,– DM, besorgen.

7. Kapitel

ECHT NIX ZU MELDEN

»Na, dann sattel mal die Hühner!« hatte Maria nur gebrummelt, als sie die beiden blauen Briefumschläge durch den Schlitz aus dem Briefkasten gefummelt hatte. Wo der Briefkastenschlüssel mal wieder geblieben war, wollte sie schon gar nicht wissen. Vielleicht in Juppis Jeans, die gerade in der Waschmaschine rotierte.

Jetzt war es also amtlich. Der Termin für die Volkszählung stand fest und wurde in Presse, Rundfunk und Fernsehen bekanntgegeben. Und dazu kriegte jeder diese Formulare zugeschickt. Mit denen und dem Personalausweis sollte man an seinem ersten Wohnsitz angetrabt kommen. Auf den Straßen des Landes würde es zugehen wie am ersten Tag der großen Sommerferien.

Maria und Juppi hatten zwar immer noch nicht geheiratet, gingen für die Behörde aber offensichtlich als eheähnliches Verhältnis durch, wahrscheinlich wegen des dicken Bauchs. Wobei allerdings mehr als merkwürdig war, woher die das schon wieder alles wußten. Ob sich da wohl zufällig einer in den Arzt-Computer reingehackt hatte?

Egal, jedenfalls kriegten sie beide ihre Ladung nach Bettelheim, weil Juppi da immer noch gemeldet war. Seit Jahren hatte er es verpennt, sich umzumelden, und jetzt durfte man nicht mehr.

Maria nöhlte. Erstens, weil Juppi mal wieder der übliche Schlaffi gewesen war, und zweitens, weil diese macho-durchsetzte Behörde sie mit Juppi in einen Topf geschmissen hatte.

»An mich werden die noch denken!« keuchte sie kurzatmig vor sich hin, als sie die ganze Wohnung durchstöberte. Sie suchte den Taschenrechner und fand ihn schließlich auf dem Klo. Wahrscheinlich hatte Juppi wieder den Klopapierverbrauch pro Person berechnen wollen. Er meckerte ständig rum, weil die Rollen weggingen wie die warmen Semmeln.

»So'n Mist!« rief sie aus dem Klo.

»Wieder kein Papier da?« schrie Juppi aus der Küche zurück.

»Nee, viel härter. Ich rechne gerade den Geburtstermin aus.«

Juppi war zwar schleierhaft, wie sie den Geburtstermin berechnen konnte, wenn sie angeblich keinen Schimmer vom Tag der Zeugung hatte, hielt aber lieber die Klappe.

Zum Glück klingelte es gerade. Jakob, die Trantüte, hatte wohl mal wieder die Schlüssel vergessen, aber wenigstens ließ er sich überhaupt mal blicken. Aber vor der Tür stand nicht ein verpennter Jakob, sondern ein adrettes Pärchen, das Josef einen Wisch mit einem Wachtturm unter die Nase hielt.

»Die Zeit des Endes hat begonnen«, sagte der eine und lächelte sanft.

»Irrtum, bald wird's erst richtig rundgehen«, platzte Maria dazwischen. Diese ewige Weltuntergangsstimmung der Zeugen Jehovas konnte sie jetzt absolut nicht gebrauchen.

»Auch ihr solltet bereit sein für den Herrn«, hauchte nun die adrette Frau, ebenfalls hartnäckig sanft lächelnd.

»Wir sind absolut bereit, und zwar für diesen Herrn hier«, erklärte Maria den beiden und schob ihren Bauch in den Türspalt. In Juppis Arbeitsoverall wirkte das Ding inzwischen umwerfend.

Das war denn doch entschieden zu viel für die zwei. Sie machten auf dem Absatz kehrt, rannten die Treppe runter und gönnten sich drüben bei Eduscho erst mal einen heißen Kakao.

»Und wo bleibt Jakob?« Juppi saß wegen der Suzuki auf glühenden Kohlen. Der Laden war in diesem Monat nämlich reichlich mau gelaufen, Jakob hatte sich ja auch wirklich nicht gerade ein Bein ausgerissen, die Zahlungsmoral der Kunden entsprach den Verkündigungen der Zeugen Jehovas, und das Konto war dicke in den Miesen. Wie also die Reise finanzieren?

Nachdem die Bundesbahn schon wieder die Preise erhöht hatte, waren keine zwei Rückfahrt-Tickets nach Bettelheim drin. Zumal sie unterwegs auch noch mal übernachten und was essen müßten.

Also blieb nur die Suzuki, und die hatte halt eine deutliche Macke, seitdem Maria mit dem Volvo hinten draufgedüst war.

»Mit Jakob kannst du motorradmäßig garantiert nicht ins Geschäft kommen«, meinte Maria. Seitdem raus war, daß sie die Volkszählung doch nicht boykottierten, war Jakob irgendwie knatschig. Und daß er ihnen auch noch das Gefährt reparieren sollte, auf dem sie dann brav ihren Staatsbürgerpflichten nachkommen würden, wäre ja wohl ein dickes Ei gewesen.

»Und wenn wir doch boykottieren«, schlug Juppi vor, weil ihm die ganze Sache irgendwie zu lästig war.

Wieder bröckelte ein Stückchen Putz vom Türrahmen.

8. Kapitel

Dicke Geschäfte

Der »Goldene Stern« war ewig nicht aus den Schlagzeilen des »Bettelheimer Boten« rausgekommen.

Ursprünglich war der »Goldene Stern« eine ganz normale Dorfkneipe kurz vor Bettelheim gewesen. Die Tochter der Wirtsleute hatte sich aber einen reichen Ami, der sich mal bei ihnen ein lustigen Abend gemacht hatte, an Land gezogen und versauerte jetzt in Chicago. Der Sohn war Filialleiter bei einer großen Lebensmittelkette geworden und brauchte dringend Bargeld für sein Fertighaus. Also war die Kneipe unter den Hammer gekommen.

»Nur über unsere Leichen«, hatten Mami und Papi zwar noch protestiert, wurden dann aber einfach ins Altersheim gesteckt.

Kein Mensch wollte den Kasten haben. Aber der Filialleiter saß im Gemeinderat, und gegen ein paar Einkaufsscheine für seinen Supermarkt wurde man sich einig, daß die Gemeinde der neue Besitzer vom »Goldenen Stern« werden würde.

»Hier verfällt wertvolle Bausubstanz!« stand dann eines Morgens an der Backsteinwand. Irgendeine Chaotengruppe hatte sich mit Sprühdosen verlustiert und lästigerweise auf diesem Weg Druck gemacht. Das Denkmalamt kriegte nämlich inzwischen schon lange Ohren.

»Der Schuppen muß unbedingt an den Mann gebracht werden«, plauderte die Sekretärin des Bürgermeisters bei der Anzeigenannahme des »Bettelheimer Boten« aus und telefonierte den Text der Annonce durch:

»Älteres Fachwerkhaus, ruhig gelegen, für besondere Zwecke geeignet, an Geschäftsleute zu verpachten. Chiffre.«

Schließlich zog ein Sauna-Club mit Massage-Salon ein, und unter »Verschiedenes« erschien regelmäßig und fettgedruckt im »BB«:

»Entspannung in dörflicher Idylle bei Mimi-Maus und Bunny-Bär«.

Weil das die dörfliche Idylle aber auf Touren brachte, war der »Goldene Stern« schon einige Tage später auf Seite drei vorgerückt. Die Redaktion jubelte über den Skandal als Dauerthema, und die Auflage des »BB« stieg um acht Prozent. Im Gemeinderat ging es natürlich entsprechend hoch her. Und weil nicht jeder ein Crack im Diskutieren war, endete jede zweite Sitzung mittlerweile mit einer unstandesgemäßen Klopperei.

Die Lage war also ziemlich vertrackt, zumal Mimi-Maus und Bunny-Bär nicht nur jede Menge Skandale und Randale, sondern eben auch zahlungsfreudige Kunden ins Dorf schleusten, bei denen vor allem der Apotheker und der Getränke-Discount auf neue Kundenkreise stießen.

»So eine Schweinerei hat bei uns nichts zu suchen«, empörte sich seltsamerweise gerade der Schweinebaron. Der Schweinebaron war ein ehemaliger Bauer, der schon vor Jahren auf Schweinemast in großem Stil umgesattelt hatte und später auch dick in die Wurst- und Fleischwarenindustrie eingestiegen war. Kein Mensch wußte genau, wieviel tausend Sauen er heute eigentlich in welchen Mast-Anlagen stehen hatte. Aber gleich beim Dorf, da war schon mal eine mit 800 Stück. Bei Westwind konnte man's hervorragend riechen.

Etliche Dörfler arbeiteten auch in der Wurstfabrik des Schweinebarons, die auf der anderen Seite von Bettelheim lag, aber nur ein kleiner Teil der ganzen Firma »Südschwein« war.

Jedenfalls hatte der Schweinebaron offenbar Sorge, daß die Welt zu sehr auf dieses kleine Dorf bei Bettelheim blickte. Und da er erstens einen erheblichen Einfluß im Gemeinderat hatte, er drohte ständig mit dem Verlust von Arbeitsplätzen, und zweitens auch die Versicherung die Zahlung weiteren Bruchs energisch abgelehnt hatte, einigte man sich schließlich auf die Aktion »Unser Dorf soll sauber werden« und schob Mimi-Maus und Bunny-Bär ab. Dafür sollte jetzt eine Freßkneipe her, schlug der Schweinebaron vor, und auch den anderen Mitgliedern des Gemeindrats leuchtete ein, daß Eß-Tourismus eine beständigere Sache sei als Sex-Tourismus.

Wieder einmal erschien also im »BB« eine Annonce, den »Goldenen Stern« betreffend. Der Mensch, der sich daraufhin mit dem albernen Namen Witzigmann vorstellte, roch aber zu sehr nach Knoblauch. Außerdem traute der Schweinebaron ihm keinen seriösen Freßtempel zu. Er bekam also eine Abfuhr.

Dieser Bocuse, der sich dann für französische Küche stark machte, würde auch garantiert keinen Courmet vom Polstersessel reißen, fand man. Also wurde schließlich Giovanni genommen, auch wenn der Schweinebaron mäkelte, daß Pizza und Spaghetti so unbekömmlich seien.

Aber immerhin hatte Giovanni schon eine Pizzeria in Bettelheim gehabt, die optimal gelaufen war und immer pünktlich um 11 Uhr dichtgemacht hatte. Das würde eine sichere Sache. Gegen Italiener hatte man außerdem nichts mehr, seitdem der Ortsvorsteher einen römischen Schwiegersohn und ein Haus in der Toscana hatte.

Als Giovanni sich dann schließlich vertraglich verpflichtet hatte, seine Speisekarte noch um die Spezialitäten Schnitzel, Brat- und Currywurst zu erweitern, war alles in Butter. Nun würde er auch mit regelmäßigen Besuchen nach den Gemeinderatssitzungen rechnen können.

9. Kapitel

Ein Hamburger im Graben

»Ey, Alte, haste mal 'ne Mark für mich«, schnorrte ein total runtergekommener Penner Maria an.

Da sie aber selbst kaum wußte, wie sie über die Runden kommen sollte, und ihr außerdem das Kreuz teuflisch weh tat, blaffte sie ihn nicht gerade freundlich an: »Nee, hast du eine für mich?«

Woraufhin sie einen Schluck Schnaps aus der Aldi-Tüte angeboten bekam. Sie konnte sich aber gerade noch bremsen.

»Na, denn prost. Woll'n wir mal hoffen, daß dein Nachwuchs ein größeres Herz für'n armen Penner hat«, nuschelte der Typ noch, verdrückte sich dann aber, wohl weil Juppi gerade von der Sparkasse zurückkam. Er hatte den Kontostand gecheckt, aber der hatte sich nicht um einen Deut bewegt.

»Wunder dauern eben etwas länger!« grinste Maria und war überrascht, daß der Penner nun doch wieder angeschlurft kam. Er knöselte in seiner Manteltasche rum und kramte zwei kleine Zettel raus.

»Spendier deiner Braut doch mal ein opulentes Mal, Alter!« hustete er Juppi an und drückte ihm die Bons in die Hand.

»Hat mir 'ne gute Seele in den Hut geschmissen, konnte ja nicht wissen, daß ich ein Mann von Kultur und nicht auf Fast-Food abonniert bin.«

Maria interessierte jetzt aber doch, wie dieses freundliche Wrack auf der Straße gelandet war, woraufhin sie eine abenteuerliche Geschichte aufgetischt bekamen. Angeblich war dieser Mensch früher Lebensmittelchemiker bei einem Wurstkonzern gewesen, hate sich dort aber unbeliebt gemacht, weil er Skrupel hatte, andere als zulässige Stoffe in die Brühe zu kippen. Bei den nächsten Rationalisierungsmaßnahmen hatten sie ihn dann gefeuert. Inzwischen ging sowieso alles mit Computer.

»Es lebe die Wurst! Prost!« sagte der Penner, rülpste und verschwand im Gewühl.

Die Bons waren zwei Gutscheine für McDonalds. Das war zwar nicht gerade Vollwertkost, aber mal abschlaffen und was futtern war jetzt genau richtig. Auch, wenn die Penner-Story sie schon irgendwie seltsam berührt hatte. Aber schließlich hatten sie schon die Hälfte der Fahrt hinter sich gebracht, die Suzuki hatte durchgehalten, Marias Kreuz allerdings nicht.

»Speisung der 10 000«, kommentierte Juppi trocken die Szene, als sie ihre Tabletts und Marias Bauch zwischen den Tischen durchbalancierten.

»Guck mal, die Ökos!« kicherten hinter ihnen ein paar Benetton-Kids, was Maria ungeheuer ärgerte. Juppi sah mit der Wolle auf dem Kopf und im Gesicht ja schon immer so aus. Aber sie selber wollte auf keinen Fall als Öko-Tante gehen. Bis sie allerdings diesen sackförmigen Overall von Juppi endlich wieder gegen ihren Lederrock tauschen konnte, mußte sie doch noch ein paar Wochen durchhalten. Sie ließ ihren Hamburger stehen, quetschte sich wieder hinter ihrem Tisch raus und ging aufs Klo. Als sie wiederkam, hatte sie sich wenigstens Gel in die rötlichen Fransen gekleistert und sah wesentlich zufriedener aus.

»So erkennt dich doch kein Mensch!« war Juppis einzige Bemerkung, die aber in wüstem Geschrei und heftigem Gepolter unterging.

Drei Tische weiter gab es eine Keilerei zwischen einem Gast und einer Schmalzbacke, die ihnen irgend woher bekannt vorkam. Schließlich riß der Gast eine Trennwand aus Pappe ein, hinter der ein Kameramann zum Vorschein kam, der nicht gerade begeistert aus der Lederjacke guckte.

»Verstehen Sie denn keinen Spaß?« kreischte der Mann mit dem Backpfeifengesicht, und allen fielen es wie Schuppen aus den Haaren, daß das Kurt Felix bei der Arbeit sein mußte. An seiner Gurgel hing der Gast, das Gesicht von Wut und Tomatenketchup entstellt.

Leider wurden alle rausgeschickt. Und weil sie noch vor Dunkelheit in Bettelheim sein wollten, schwangen Juppi und Maria sich wieder auf ihre Suzuki. Juppi hinten und Maria vorne, weil sie sonst ihren Bauch nicht untergebracht hätte. Und dann gab die Suzuki doch ihren Geist auf. Natürlich mitten in der Pampa. Maria hockte sich in den Straßengraben, kramte ihren Walkman aus dem Action-Bag, schob die Eagles rein und machte Entspannungsübungen. Während Juppi rotierte und die Maschine mit Fußtritten bearbeitete.

»Ich glaub, das hilft nix«, meinte Maria sanft aus dem Graben.

Daraufhin blätterte Juppi in »Suzuki-Reparaturen leicht gemacht«, das sie sich noch vor der Abfahrt besorgt hatten, stieg aber nicht durch.

»Hätten wir mal nicht diesen Plastik-Fraß gegessen«, stöhnte Maria plötzlich und klang dabei gar nicht mehr entspannt.

Juppi kapierte erst nicht, was der Hamburger mit der Suzuki zu tun hatte, ließ dann aber die Finger von der Maschine und flitzte zu Maria rüber, die käseweiß in den Brennesseln hockte, aber wenigstens schon wieder grinste.

Juppis Hamburger machte keine Zicken, außerdem hatte Maria ja eh nur einmal kurz in ihren reingebissen, also konnten das nur die Wehen sein, beschlossen sie.

»Ich bin ja mal echt gespannt, wo wir heute nacht landen werden«, sagte Maria, als Juppi sie auf der Suzuki in Richtung Bettelheim schob.

10. Kapitel

Open-Ohr

Der erste VW-Bus steckte schon knietief im Schlamm.

So mußte das ja laufen. Nicht genug damit, daß wochenlang keiner der Bauern seine Wiese für das Rockfest hergeben wollte. Als die Gruppe dann endlich von einem geldgierigen Filialleiter einer Bettelheimer Lebensmittel-Kette ein Angebot bekommen hatte, stellte sich heraus, daß sie eher ein Matschloch als eine Wiese erwischt hatten.

Aber wenigstens konnte das Fest überhaupt steigen, das hatte am Anfang nämlich absolut düster ausgesehen. Und das, obwohl die Initiativ-Gruppe die ganze Veranstaltung erstmals unter dem Motto »Star-Festival« als Nachwuchswettbewerb für sie sangesfreudige Jugend angemeldet hatte. Damals wollte die Stadtverwaltung Bettelheim noch die Stadthalle zur Verfügung stellen. Aber als rauskam, daß tatsächlich eine Info-Rock-Night in Sachen Volkszählung geplant war, mußte die Halle wohl über die Nacht einen Riß bekommen haben. Jedenfalls hatte die Stadt formlos mitgeteilt, die Halle stünde aus bautechnischen Gründen nicht mehr zur Verfügung. Später kniffen natürlich auch auf dem Land alle.

Aber jetzt konnte die Fete endlich steigen.

Auf der Bühne wurde noch gehämmert, und besagter VW-Bus, auf dem »Südschwein« stand, karrte gerade plastiksäckeweise Würstchen eines heimischen Großmetzgers ran. Wahrscheinlich nicht die reine Ia-Qualität, aber das Bier wurde für solche Gelegenheiten auch immer gestreckt, vermutete die Ini-Gruppe.

Sie fanden das zur Zeit allerdings sekundär. Seit dem Morgen war eine Klebetruppe unterwegs, um von der Bundesstraße aus den Weg zum Festival zu markieren. Mit Sternen, verstand sich. Ohne diese Schnitzeljagd würde garantiert kein Schwanz den Weg zu ihrem Schlammloch finden, da konnten sie Plakate kleben, soviel sie wollten.

Harry Belafonte hatte schon im Bettelheimer Büro angerufen, weil er sich verfranzt und schließlich in einer Dorfkneipe entnervt Spaghetti Vongole bestellt hatte.

Inzwischen suchten die ersten Fans die Botanik nach trockenen Plätzchen für die Zelte ab, Schlafsäcke wurden entrollt, um Besitz zu markieren, und Kleinkinder wurden trockengelegt, um die Nerven zu schonen.

»Das kann ja Eiter werden!« meinte während des ganzen Trubels ein Typ mit einem Stern an der Armbinde. Er hätte weiß Gott mehr Lust gehabt, den Bierstand zu schmeißen, als hier den dicken Ordner zu simulieren. Aber die Kumpels von der Ini hatten ihm diesen Job einfach aufs Auge gedrückt.

Jetzt hing schon der zweite VW-Bus in der Matschpampa fest. Er selber sah inzwischen aus wie nach einem Weiber-Catch im Schlamm.

»Am Montag stellen wir einen Antrag auf Schmutzzulage«, fluchte ein Rocker, der gerade aus dem Bus hechtete. Ein Punker mit gelbem Hahnenkamm rieb sich einen Spritzer von der Ringelhose und bat höflich: »Ziehen Sie mich doch bitte hoch, Herr Kollege! Ich werde Beschwerde einlegen. Das ist mein drittes Dienstwochenende hintereinander. Dankeschön. Geht's bei Ihnen eigentlich auch um die Wurst?«

»Wieso, sind Sie etwa nicht unkündbar?« wollte der Rocker daraufhin erstaunt wissen.

»Ach so. Sie gehören zur anderen Truppe«, schloß der Kollege messerscharf und nahm sich fest vor, demnächst nicht gleich loszuplaudern, wenn er einen Sonderauftrag hatte.

Dem Ordner kamen die Jungs zwar nicht ganz sauber vor, er schippte aber brav eine Fuh-

re Kies unter die Räder. Dann kassierte er sie noch ab, stempelte ihnen als Beleg den Stern auf den Handrücken und ließ sie abzockeln.

Wenigstens einen Kaffee wollte er sich noch kurz besorgen.

Auf dem Weg zum Ini-Zelt kriegte er eine volle Ladung Modder auf den Anzug. Diesmal war's der Camaro von Belafonte. Der hatte also wenigstens inzwischen den Weg ausfindig gemacht.

Im Zelt war der Kaffee zwar gerade weggetrunken, aber dafür ging's erstaunlich heiß her. Bettina Wegener bestand nämlich gerade wortreich darauf, »Sind so kleine Hände« zu singen, was alle für ziemlich daneben hielten. Die Dame wollte aber einfach nicht kapieren, daß das Ganze nun mal kein Friedens-Festival war. Als sie dann auch noch zickig wurde, bekam man schließlich Muffensausen, weil Wolf Biermann auch schon abgesagt hatte. Also kam der Song aufs Programm, aber erst ganz zum Schluß.

»Solange sie nicht ›Ihr Kinderlein kommet‹ trällert, ist doch alles klar auf der Andrea Doria«, meinte der Typ mit dem Stern an der Armbinde zu dem Fall und ging wieder an seinen Stempel-Job.

11. Kapitel

Wein, Weib und Gesang

»Sauwetter«, hechelte Juppi und wuchtete die Suzuki durch eine Riesenpfütze. Seitdem die Hoppelei aufgehört hatte, ging's Marias Bauch zwar wieder einwandfrei, dafür hatte es aber zu schiffen angefangen was das Zeug hielt. Zum Glück hatten sie ihre Ostfriesen-Nerze dabei.

Maria wurde immer alberner und schlug Juppi vor, eine Arche zu bauen, schließlich wäre er doch Zimmermann.

»Da bist du auf'm falschen Dampfer, Schätzchen, das ist eine völlig andere Story«, keuchte er und fand Marias Witze überhaupt nicht komisch.

Der Magen hing ihm vor Hunger mal wieder sonstwo, seine Depressionen waren also gefährlich im Anmarsch, und außerdem mußte er dringend auf den Topf.

Bis nach Bettelheim würden sie's heute nicht mehr schaffen, den Plan konnten sie schon jetzt abschminken. Und lange konnte er die beiden Brummer auch nicht mehr schieben. Seine Kondition war ziemlich am Arsch.

»Ich krieg die Motten, 'ne Kneipe – und dann auch noch ein Italiener! Ist ja super, ey!« juchzte Maria von der Suzuki runter, und Juppi legte vor Begeisterung noch einen Zahn zu.

Unter dem goldenen Stern, der vor der Kneipe baumelte, ketteten sie das Wrack an, schnallten den Action-Bag ab und schoben sich und den Bauch in die Knoblauchwolke.

»Mama mia, Porca Madonna!« wütete Giovanni gerade in seinem Laden rum, weil er das Geschäft seines Lebens hätte machen können, aber nicht genug Vorräte in der Tiefkühltruhe gehortet hatte.

»Spagetti Vongole und einen Orvieto secco« wollte Juppi.

»Geht nicht. Hat der Belafonte gerade die letzte Portion verdrückt«, jammerte Giovanni, bei dem bisher Spagetti Vongole nie gelaufen waren, und rechnete schnell zusammen, wie lange sein Weinvorrat noch reichen würde.

»Jetzt könnten Sie einen brauchen, der aus Ihrem Leitungswasser Wein macht, was?!« kicherte Maria und bestellte sich eine Cola zur Pizza. Pizza gab's noch.

Der Laden war so knallvoll, daß Juppi und Maria sich zu ein paar ältlichen Gestalten an einen Tisch quetschen mußten. Die stellten sich später übrigens als der trinkfeste Rest von der heutigen Gemeinderatssitzung raus und machten Maria gleich an, als Juppi auf dem Topf war.

»Na, wenn der Nachwuchs auch so knackig wird wie die Mama«, sulzte einer von den alten Knackern rum und wollte gerade an Marias roten Gel-Stoppeln rumfummeln, da hatte er schon eine auf den Flossen.

»Mich anhimmeln kannste ja ruhig, bis du schwärzer als die Nacht bist, Junge! Aber deine Finger behältst du gefälligst bei dir, ja!« Maria kannte die Sorte.

»Och Gottchen, die Dame hat wohl einen Heiligenschein, was! Und gerade wollte ich ihr einen Traumjob in meiner Fabrik anbieten«,

nöhlte der Typ beleidigt, glupschte Maria weiter gierig an und bestellte eine Runde Curry-Wurst.

»Die gehört garantiert zu den Gammlern auf meiner Wiese«, stellte einer seiner Skat-Brüder fest. »Ich hab die Kette jetzt fast so weit, daß sie auf ›Südschwein‹-Produkte umsteigt!« schob er noch scheinbar nebenher nach und strahlte den Typ mit dem Traumjob in der Fabrik an. »Was ich dringend brauche ist ein Bauplatz für meinen neuen Bungalow.«

In diesem Augenblick brachte Giovanni die Würste.

»Der fürchtet weder Tod noch Teufel, der ißt seine eigenen Würste«, dachte er nur und schlängelte sich wieder in seine Küche.

Als Juppi vom Klo kam und von Maria verklickert bekam, was gelaufen war, war er erstmal wieder viel zu abgeschlafft, um den Brüdern die Meinung zu geigen.

»Ich hab dir ja gleich gesagt, das mit dem Gel in der Frisur ist Schrott«, kommentierte er nur, wollte die Stimmung aber nicht noch mehr vermiesen und kämpfte sich deshalb zur Musix-Box in der Ecke vor.

Er hatte gerade »Desperado« von den Eagles für Maria gedrückt und zu ihr rübergegrinst, da flog die Tür auf, und drei bullige Gestalten mit schwarzen Bärten, schwarzen Hüten und langen Zigarillos im Mundwinkel lümmelten sich im Rahmen. Jedem war klar, daß das nur die Mafia sein konnte, die zum Abkassieren gekommen war. Die ganze Kneipe dachte, sie säße im Kino, und bis auf die eiernde »Desperado«-Platte herrschte absolute Funkstille.

Giovanni blieb die Puste weg, dafür lief der Schweiß reichlich und in Strömen. Er schob den drei Dunkelmännern jedem einen Cognac hin und verfluchte die satte Kasse, die er an diesem Abend schon gemacht hatte.

Der Dickste von den drei Typen kippte den Cognac runter, sagte erst »ahhhh«, schrie dann plötzlich »Kölle alaaf!«, schmiß seinen Hut quer durch die Bude und bog sich vor Lachen. Juppi fiel die Pizza endgültig aus dem offenen Mund, während die ganze Kneipe schon auf den Stühlen stand und zu schunkeln anfing. Weil »Desperado« aber nicht ganz der passende Song dafür war, drückte irgend jemand »So ein Tag, so wunderschön wie heute«, und das ganze Volk gröhlte begeistert mit.

»Das ist der Willy Millowitsch!« schrie der mit dem Bungalow Juppi begeistert zu. Am Tresen lagen sich Giovanni und der Dicke mit dem Schneuz in den Armen.

»Giovanni, ich könnt schon wieder ein Holland-Hähnchen essen«, prustete Willy, der sich an ihre gemeinsame Zeit in Amsterdam erinnerte. Woraufhin Giovanni stocksteif wurde und angstvoll zum Skat-Tisch rüberlinste, aber auch da tobte freudiges Chaos.

»Die haben wohl alle ein Blatt raus«, stellte Maria nur cool fest, als Juppi sich vor ihr einen Weg aus der rasenden Menge bahnte. Juppi fiel nichts anderes ein als: »Die spinnen, die Kölner!«

Graue Tatsache war jedenfalls, daß es im »Goldenen Stern« für heute nacht nicht mal ein Notbett gegeben hatte und es schon deutlich dunkel wurde. Maria schwang sich, ihren Bauch und den Action-Bag wieder auf die Suzuki, und Juppi schob los. Sie wollten zu diesem Star-Festival, von dem Juppi auf dem Klo ein Plakat gesehen hatte. Einer von den Typen würde sie bestimmt mit nach Bettelheim nehmen.

12. Kapitel

Einer kommt auf Touren

»Sauwetter!« hatte am gleichen Tag auch jemand anderes geflucht und sich dabei ein Mars geknackt.

Fred C. Kaspar hatte extra seinen Urlaub auf Lanzarote in den Wind geschossen und war vom Londoner Astrologen-Kongreß direkt nach Hause gejettet, um sich kometenmäßig nichts durch die Lappen gehen zu lassen. Marianne stand zwar mehr auf Sonne als auf Mond und Sternen und war deshalb motzig alleine geflogen, aber so hatte er wenigstens seine Ruhe.

Fred C. hatte sich mit seinem Daimler schon relativ früh auf den Weg gemacht, um in Bettelheim noch einen Blick an den Abendhimmel werfen zu können. Er war freiberuflicher Astrologe und hatte in einer großen Wochenillustrierten eine regelmäßige Rubrik. Außerdem inserierte er in verschiedenen Zeitschriften »Erstelle Ihr persönliches Horoskop« und ertrank seitdem nahezu in Aufträgen. Entsprechend heftig flossen auch die Honorare, so daß er sich schon einmal kurz Gedanken gemacht hatte, ob er nicht die Partei wechseln müßte, wenn seine jetzt den Spitzensteuersatz hochschrauben wollte.

Gewechselt hatte er schon. Seinen weißen Golf gegen einen silbergrauen Daimler. Er sammelte nun mal Sterne in jeder Form.

Wie dem auch sei, der Wetterbericht im Radio klang gar nicht so übel, und als er dem Moderator das seichte Gelaber per Knopfdruck abgewürgt hatte, kamen sogar einige Sonnenstrahlen durch die Wolken.

Fred C. strich sich durchs Silberhaar, linste noch mal gen Himmel, und schon quietschte und schepperte es jesusmäßig. Er war in einen alten Käfer reingerauscht, aus dem ein reichlich abgewrackter Typ kletterte, dem ein Fernglas um den Hals baumelte.

»Hast du Knöppe auf den Augen oder den Führerschein von Neckermann?« giftete der ihn gleich an.

Fred C. bekam zwar einen dicken Hals, beschloß aber ruhig zu bleiben und die Sache wie immer mit Geld zu erledigen.

»Kaspar«, stellte er sich vor und bot dazu noch großzügig ein Mars an. Von denen hatte er immer eine ganze Fuhre im Handschuhfach. Wobei er selbst nicht mehr so genau wußte, ob er das zähe Zuckerzeug tatsächlich mochte oder nur den Namen.

»Vorne oder hinten?« wollte der VW-Fahrer wissen und schob die Hand mit dem Mars zur Seite, was Fred C. kurzzeitig aus der Fassung brachte.

«Kaspar vorne oder hinten?« fragte dieser Mensch aus dem Schrotthaufen dann noch mal.

»Hinten«, sagte Fred C. schnell. »Kaspar ist mein Nachname. Und Sie?«

»Balthasar, aber vorne. Hinten heiße ich Dr. König.«

Damit war der offizielle Teil der Begegnung erledigt, und die beiden beguckten sich den Schaden.

Königs Käfer war tatsächlich hin und gab keinen Muckser mehr von sich. Also suchte er seine sieben Sachen zusammen und ließ sich zu Fred C. in den Daimler fallen. »Weiber, Vögel oder Sterne?« grinste der dann auch gleich vertraut und deutete auf Balthasars Fernglas, woraufhin der seine Lebensgeschichte erzählte.

Er war Astronom an der Uni gewesen, aber seit zwei Jahren arbeitslos, weil das Forschungsministerium den Stellenplan zusammengestrichen hatte und sein Projekt nicht mehr verlängert worden war. Seitdem Herodes dran war, hatte man den Haushalt umgeschichtet. Jetzt war der neue Euro-Jet statt Sternenforschung angesagt, und die Astronomen guckten in die Röhre.

Dann fiel es ihnen wie Schnuppen aus den Sternen, daß sie beide hinter Halleys Komet her waren, der sich gerade mal wieder Richtung Erde bewegte, und beide hatten sie in der Zeitung gelesen, daß das Geschoß von Bettelheim besonders gut zu sehen sein würde.

»Die sind wohl nicht ganz dicht da oben, die Volkszählung genau auf Halley zu legen«, stöhnte Kaspar, als sie endgültig im Verkehrsstau steckengeblieben waren. Wenigstens hatte er sich im Holiday-Inn ein Zimmer gebucht, er wußte immer gerne, wo er schlafen würde. Und da Dr. König dies noch nicht wußte, brachte er ihn auf seiner Couch unter. Mit einem kleinen Schein für den Mann an der Rezeption war sowas ja zu regeln.

Während die beiden Stern-Fans die Nummern 83 und 107 von der Speisekarte vertilgten, dazu mehrere Flaschen Wein tranken und sich später fast an die Gurgeln gingen, weil Dr. Balthasar König Horoskope »dumm«, »unwissenschaftlich« und dann auch noch »einen Scheißdreck« genannt hatte, drückte in Bettelheim ein Filialleiter einer Gruppe von Asylanten Rosensträuße in die Hände. Auf diese Weise seine Einkünfte aufzustocken, war eine geniale Idee gewesen, freute er sich, und schloß die Kasse mit den Tageseinnahmen ab. Diese Schokoladen-Jungs brachten noch mehr nach Hause als seine Hedi in ihren besten Tagen. Und billiger und williger waren sie auch.

Jetzt, wo er schon fast einen neuen Bauplatz hatte, wollte er doch endlich mal aus seinem popeligen Fertighaus raus.

13. Kapitel

Schöne Bescherung

Juppi fummelte ziemlich lange an der Schiebetüre herum, bis er kapiert hatte, daß er sie nicht aufbrechen, sondern einfach nur aufschieben mußte. Mal gut, daß das keiner gesehen hatte. Die hätten sich ja schief gelacht: ein Handwerker und kriegt eine Schiebetüre nicht auf!

Er war völlig mit den Nerven fertig, weil es jetzt tatsächlich bei Maria loszugehen schien. Eigentlich waren sie davon ausgegangen, noch zwei Wochen bis zum Count-Down zu haben. Bei der gemeinsamen Tipperei auf dem Taschenrechner waren sie damals auf verschiedene Termine gekommen. Und so beängstigend dick war der Bauch auch noch nicht gewesen.

Sie waren gerade aus der Kneipe gekommen und in den Grüner-Plan-Weg mit dem Papp-Stern gebogen, da hatte sich die gleiche Kolik wie mittags nach dem Hamburger angekündigt. Deswegen hatte sie es auch erst mal auf die Cola geschoben und alle möglichen Horror-Storys über das braune Gesöff aus ihren Köpfen gekramt. Man tunke einen Finger 10 Minuten in eine Cola, und nur noch der Knochen bleibt über, und so. Aber mit Marias Lachkrampf war es dann erst recht richtig schön regelmäßig losgegangen. Pünktlich wie die U-Bahn im 2-Minuten-Takt. Da waren sie dann doch zugegebenermaßen flattrig geworden.

Als Juppi also die riesige Metalltüre zur Seite gewuchtet hatte, ging drinnen in dem Beton-Bunker ein mordsmäßiges Geschrei los, das sogar die Vorgruppe des Rock-Festivals, die gerade beim Sound-Check war, übertönte.

»Hier stinkt's wie in einem Schweinestall«, stöhnte Maria. Sie war jetzt sehr daneben und hatte das Gebrüll offenbar für die Extase ausflippender Musik-Fans gehalten.

»Das ist ein Schweinestall«, erkannte Josef messerscharf und war heilfroh, daß sich die Biester wieder beruhigten und nur noch leise vor sich hingrunzten. »Mindestens 500 Stinker sind das!«

»Da kommt's auf uns zwei bis drei ja wohl auch nicht mehr an«, ächzte Maria und manövrierte sich auf ein klappriges Plüschsofa, das wohl nur knapp dem Sperrmüll entkommen war.

»Ich wette, hier reißt der Schäfer seine Stündchen runter«, sagte sie.

»Schon verloren. Hier pennt der Schweinedoktor 'ne Runde, wenn der Arm ihm vom Antibiotika-Spritzen lahm geworden ist«, stieg Juppi auf Marias Rumgealber ein und zeigte auf die ganzen Medikamente in einem langen Regal.

»Guck mal da, erinnert dich das nicht an was?« fragte Maria. »Südschwein-Produkte = Qualitäts-Produkte« stand auf einem Werbeschild, das leicht verstaubt an der Wand lehnte. Und auch Juppi erinnerte sich wieder an diese seltsame Chemie-Labor-Liste in ihrem Computer. Sie hatten Jakob nie gefragt, was es damit auf sich gehabt hatte. Aber jetzt hatten sie andere Sorgen.

»Meinst du, wir kriegen die Sache alleine geschaukelt?« fragte Juppi. Maria war ganz zuversichtlich.

»Schließlich werden Kinder auch in Taxis und im Zug geboren, wieso dann nicht mal in einer

Schweinefabrik? Hier wird der Geburtstermin wenigstens nicht nach der Dienstzeit vom Personal bestimmt.« Dann überkam sie's wieder.

Einige Schnaufer später stellte sie mit einem gründlichen Blick auf die zwanzig rosa Knorpelschnauzen, die zwischen den Eisenstangen der ersten Box rausschnorchelten, fest: »Jedenfalls kann man hier nicht behaupten, kein Schwein würde sich um einen kümmern.«

Juppi war gerade dabei, auch noch die Suzuki in den Schuppen zu ziehen und schob sie vor die Box. Die Viecher glotzten schafsdämlich auf die Maschine, und auch Juppi fand, daß sie irgendwie nicht ins Bild paßten, wußte aber nicht wieso, denn besonders passend waren die Säue nun auch gerade nicht.

»Ich glaub, das wird mal wieder eine Story, die uns kein Mensch abkauft!«

»Jetzt eine Polaroid-Kamera, die würd's total bringen«, kicherte Maria und zog den Overall aus. Wenigstens war's warm in dieser Bude, und sie wollte sich nicht sämtliche Klamotten versauen.

Juppi schnallte den Action-Bag ab und entdeckte beglückt einen Flachmann, den Maria noch eingesteckt hatte.

»Prost, Gemeinde!« grinste er zu den Stinktieren rüber und gönnte sich einen nicht zu knappen Schluck spanischen Brandys, der leider schon zur Neige ging. »Saugemütlich. Wie Weihnachten, was?« fand er.

»Wirklich saukomisch! Findest du das da nicht ein bißchen geschmacklos, ey?« fragte Maria ihren Juppi und tockte mit dem Knöchel über sich an die Betonwand, wo ein Poster hing, auf dem sich eine wogende und ziemlich unbekleidete Dame auf einem Jaguar-E-Typ lümmelte.

Aber da haute es sie wieder um. Jetzt kamen die Wehen im Minuten-Takt, es wurde also ernst. Juppi krempelte sich die Ärmel hoch und schwitzte wie verrückt. Immerhin hatte er nur deshalb Lehrer statt Arzt gemacht, weil er kein Blut sehen konnte.

»Jetzt nur nicht schlapp machen«, dachte er, und Maria meinte: »Na, dann kann die Bescherung ja losgehen.«

14. Kapitel

Mikro-Message

Der Sound-Check war hervorragend gewesen, die örtliche Rockgruppe weniger. Aber man wollte schließlich auch dem Nachwuchs eine Chance geben, also popelten die Freaks nach dem Auftritt einfach das Oro-Pax wieder aus den Gehörgängen und warteten geduldig auf die nächste Gruppe.

Ansonsten machte man sich auf Decken breit, diskutierte auch dann und wann mal über Sinn und Unsinn einer Volkszählung, war aber überwiegend mit dem Öffnen von Bier- und Weinflaschen und dem Genießen gesunder Kost beschäftigt. Am Fritten-Wagen, der nicht gerade das Geschäft seines Lebens machte, hatte es mal kurz eine Keilerei zwischen dem Budenbesitzer und seiner Frau gegeben. Eigentlich hatte die Ini-Gruppe die rollende Fettkiste überhaupt nicht beim Open-Ohr haben wollen, weil Pommes weder ins Geruchs- noch ins Eßumfeld paßten. Aber weil diesem Menschen nun mal auch die Matschwiese gehörte, auf der sie ihr Festival veranstalteten, mußten sie die Fritten-Schleuder halt in Kauf nehmen.

Den Stunk hatte der Filialleiter gemacht, weil seine Hedi die Pappschalen zu hoch mit Fritten vollhäufte. Er war extra vom »Goldenen Stern« rübergekommen, um die Sache mal in Augenschein zu nehmen, und war prompt fündig geworden.

»Da kannst du das Zeug ja gleich verschenken. Aus der Spülmaschine zum Geburtstag wird jetzt natürlich nichts!« hatte er sie angeschnauzt, woraufhin sie ihm unter dem Gejohle der Menge die Fritten über den Scheitel gezogen hatte.

»Glotz nicht so dämlich, verhöker lieber deine Stengel!« hatte er dann voller Wut einen Asylanten mit einem Rosenbündel im Arm angemotzt.

Es war also ganz schön etwas geboten beim Festival, aber es blieb doch relativ friedlich. Selbst die Rocker und Punkies, die mittags mit dem VW-Bus angekommen waren, hingen nur schlapp in ihren Bäumen und stierten durch Infrarot-Ferngläser auf die Bühne und zur Würstchenbude. Manchmal quatschten sie auch in ihre Walky-Talkies.

Während der Warterei konnten sie wenigstens die anfängliche Verwirrung klären:

Die ursprüngliche Truppe war mit dem Auftrag losgeschickt worden, das Rock-Festival in punkto verdächtiger staatsfeindlicher Aktivitäten zu observieren. Eine Sonderabordnung war später zusätzlich eingesetzt worden. Da ging's um eine ganz heiße Geschichte: Unternehmensspionage. Der Computer einer Großfirma war von Fremden angezapft und Geheiminformationen entwendet worden. Und inzwischen gab es Mutmaßungen, daß die Täter dem Umfeld der Volkszählungsboykotteure zugerechnet werden mußten.

Plötzlich kam Bewegung in die schlaffe Bande. Harry Belafonte hatte gerade zusammengepackt, und bis zur nächsten Programmnummer lief eine Konserve, da schnappte sich ein blondes Mädchen von der Ini-Gruppe das Mikro.

»Wie ein Engelken!« schleimte einer von den Baum-Rockern und fingerte an der Feineinstellung seines Fernglases rum. »Na, dann laß das Band mal mitlaufen«, nuschelte er schnell in seinen Walky-Talkie, »womöglich hat das Engelken eine heiße Botschaft für uns drauf.«

»Dreht die Dröhnung doch mal etwas runter!« brüllte derweil die Ini-Frau ins Mikrophon. »Es ist echt unheimlich wichtig, Leute. Wir brauchen dringend einen Arzt oder sonst jemanden, der 'ne Ahnung von Geburtshilfe hat. Und außerdem soll sich der Fahrer von Harry melden. Harry muß sofort los, weil er noch einen Termin heute abend hat!«

Im Ini-Zelt hockte währenddessen ein Mitarbeiter von »Kontrolletti«, das war die Gruppe, die stündlich prüfte, ob die Sterne noch hingen. Irgendwelche Chaoten klauten nämlich schon den ganzen Abend die Markierungen weg. Auf seiner letzten Tour hatte er in der Schweinefabrik Licht und verdächtige Schatten gesehen. Also war er voller Wut im Bauch in den Stall gestürmt, um den Chaoten eine zu verpassen. Dabei war da eine Geburt im Gange gewesen.

Daraufhin hatte er sich wie der Blitz wieder auf seine 12-Gang-Rennmaschine geschwungen und war hierher gestrampelt.

»Bist du Arzt?«

»Nee, der Fahrer von Harry Belafonte!«

Der erste, der sich meldete, war also schon mal eine Fehlanzeige. Aber dann kam eine ganze Clique zusammen. Alles Medizinstudenten, Sanis und eine echte Hebamme. Erst diskutierten sie noch aufgeregt, was sie alles einpacken müßten, drückten sich dann aber endlich in den R 4 der Hebamme und rasten durch die sternklare Nacht hinter dem Rennrad her.

15. Kapitel

Kaschmir contra Gel

»Nie wieder eine Hausgeburt«, war das erste, was der Besuch von Maria zu hören bekam. Hanni, die Hebamme mit Auslandserfahrung, beschloß, die Diskussion über Pro und Contra von Hausgeburten erst mal zu verschieben und schnell an die Arbeit zu gehen. Ihr Werkzeug hatte sie ja für alle Fälle immer im Wagen.

Die beiden Medizinstudenten kochten Wasser im Tauchsiedertopf, den sie aus der Kaffee-Ecke im Ini-Zelt hatten mitgehen lassen, und die Sanis hatten an Juppi einen Full-time-job.

»So'n Mist, auch noch 'ne Steißlage«, kam es von Hanni. Sie ackerte wie ein Stier und war heilfroh, daß sie wenigstens die zwei Jahre Entwicklungshilfe in Kamerun gemacht hatte, sonst wär sie jetzt echt aufgeschmissen gewesen. Aber Maria hatte auch eine Bombenkondition und eine Engelsgeduld, so daß die Sache schließlich einwandfrei flutschte.

»Stramme Leistung, unsere Männergruppe kriegt Verstärkung«, kommentierte einer der Sanis das Ergebnis der Plackerei, während der andere den Rest aus Juppis Flachmann die Runde machen ließ. Das Baby schrie, was die Lungen hergaben, die 200 Säue machten mit, und Juppi knuffelte ganz happy seine Maria.

»Bockstarke Geschichte, das macht dir so schnell keine nach«, flüsterte er ihr durch den Ohrring.

»Kann ich auch keiner empfehlen«, flüsterte Maria zurück, »das nächste Mal gehen wir doch besser in die Klinik!«

»Happy Birthday to you!« tönte es da auf einmal aus der zweiten Schweinebox, die Grunzer kamen ganz schön in Bewegung und sausten wie die gesenkten Säue im Karree. Ein Typ im Trenchcoat erschien aus dem Dunkel, klopfte sich den Mist von den Klamotten und ließ kurz drauf eine Blitzlichtsalve aus seiner Canon los.

»Frank Müller von der Quick«, stellte er sich dann höflich vor und jumpte einigermaßen elegant über die Eisenstange seiner Box. »Ich war mal rheinischer Meister im Hürdenspringen«, schob er noch nach, als ihn die Geburts-AG fassungslos anstarrte, und kam näher.

»Bitte ganz natürlich schauen und nicht in die Kamera gucken«, murmelte er dann ständig, während er aus allen Ecken seine Fotos schoß. Er hechtete sogar auf den alten Schrank, um die Szene auch von oben zu haben. Schließlich zupfte er noch das Poster überm Sofa runter und fragte Maria, ob sie nicht einen Schal oder ein Tuch oder sowas hätte. Die tockte sich nur an die Stirn und kriegte den Mund nicht mehr zu.

»Die Gel-Frisur steht dir zwar ganz süß, Mädchen, aber ich will dich auch noch mal so haben«, sagte er und schmiß ihr seinen blauen Kaschmirschal rüber.

»Besser als nix«, stellte er nach einem Blick durch seine Linse fest, »aber eine kleine Erleuchtung fehlt euch noch.« Er rückte die Campingleuchte hinter die genervte Familie und schoß seine Serie ab.

Das war denn doch entschieden zu viel. Hanni zog Herrn Müller eins mit ihrem Hebammenkoffer über den Schädel, und die Sanis nahmen ihn in den Schwitzkasten. »Was wollt ihr denn, ist doch 'ne Super-Geschichte, ihr kriegt auch alle ein sattes Statisten-Honorar«, stöhnte er und kapierte gar nichts mehr.

Eigentlich war er für die Story über den Tiermedikamenten-Händlerring im Schweinemist auf Tauchstation gegangen. »Tod in der Schweinebox« sollte der Hit werden, mit dem er sich einen Namen machen wollte. Aber als das derangierte Pärchen in den Schuppen geschlichen kam und keine Pharmaka verschob, sondern zu werfen anfing, hatte er eine neue Story gewittert und gleich zugeschlagen. »Geburt in der Schweinebox« war als Titel ja auch nicht übel. Nur die Sache mit den Rechten, die würde wohl problematisch, dafür hatte er einen Riecher. Apropos Riecher. Er beschnüffelte sich und fand das Ergebnis nicht standesgemäß. Zum Glück hatten ihn die beiden Jungs losgelassen, und er konnte aus seiner Phototasche eine Spraydose mit Camel-Deodorant rauswühlen und unter seinem Trenchcoat in Aktion bringen.

»Fluor-Kohlenwasserstoffe machen die Ozonschicht kaputt«, giftete Hanni rüber. Sie hatte diesen Typen gefressen. Und als der daraufhin ziemlich dämlich glotzte, schob Maria noch nach: »Das Treibgas vom Spray, Junge. Mit Umweltschutz haste wohl nix am Hut, was? Wegen so Typen wie dir werden unsere Kinder einmal ein ganz schönes Kreuz zu schleppen haben.«

»Och Gottchen, kaum ist abgenabelt, und schon läßt sie die Mutter raushängen«, dachte er. Maria sah zur Zeit keine Spur madonnenhaft, sondern eher wie 'ne alte Giftspritze aus. Auch wenn sie ihr Baby auf dem Bauch liegen und einen blauen Kaschmir-Schal um den Kopf gewickelt hatte. Aber diesmal fand Juppi das absolut super. In solche Situationen kam er immer nur mit Maria. Und einen Haufen Leute lernte man dabei auch jedesmal kennen.

Frank Müller meinte wohl, daß er Punkte sammeln müßte, und wühlte noch mal in seiner Fototasche. Mit der Tüte Gummibärchen, den kleinen harten, hatte er natürlich schon gewonnen. Maria angelte sich alle roten und gelben raus, vergaß die ganzen E-Nummern von der Farbstoff-Deklaration und kaute seelig drauf rum. »Fändet ihr es eigentlich affig, wenn ich ihn Jesus nennen würde? Wie den Typ aus dem Musical?«

16. Kapitel

ZWEI KINGS UNTER SICH

Kaspar und König hatten einen höllischen Brummschädel.

Ob sich da ein neuer Weinskandal anbahnte oder ob's schlichtweg die stolze Menge war, war ihnen momentan jedoch völlig schnuppe. Nur raus aus diesem vollklimatisierten Frühstücksraum mit Soft-Musik-Terror!

Da ließ der Mensch neben ihnen die Zeitung sinken und nahm die Pfeife aus den Zähnen. »Die Herren haben Interesse an Observationen?« flüsterte er so laut, daß sich die drei dicken Tanten am Nebentisch interessiert die Speckfalten verdrehten.

Kaspar und König waren platt. Der Typ hatte anscheinend die ganze Zeit seine Ohren über die Zeitung gehängt, als sie sich mal wieder dezent über den besten Beobachtungsplatz für Halley in den Haaren gelegen hatten.

Jetzt stand er auf, schlug seinen Jackettkragen hoch, guckte bedeutungsvoll und drückte sich die Sonnenbrille auf die Hakennase. Er federte über den für diese Art Hotels obligatorischen Teppichboden in Richtung Ausgang und wedelte mit der gerollten Zeitung zu ihnen rüber.

»Ihr Astrologen seid ja schon reichlich angefreakt, aber so ein Bekloppter ist mir bei euch auch noch nicht über den Weg gelaufen«, meinte Dr. König, woraufhin Kaspar wieder einen mittleren Wutanfall bekam, weil diese notorisch arroganten Astronomen immer auf der Seriösität der Astrologen rumhacken mußten. »Wenn hier jemand angefreakt ist, dann ja wohl ihr verklemmten Astronomen. Nix als lange Zähne auf die viele Kohle, die wir einstreichen!«

Aber da die beiden weder den Streit noch den Kater vom Vorabend aufwärmen wollten, tigerten sie halt hinter diesem Verrückten her und suchten ihren Daimler. Kaum hatten sie sich in die Polster fallen lassen, da fiel auch dieser Typ dazu, nuschelte etwas von »beim Boß vorbeischauen« und lotste sie durch die City.

Am Bahnhof hingen sie fest, weil der Rest einer Demo an ihnen vorbeizog. »Halley kommt wieder, wir nicht«, stand auf einem Spruchband.

»Ganz schön clever, Halley mit der Volkszählung zu verbinden«, wollte Dr. König gerade denken, da fragte dieser seltsame Dunkelmann: »Ist das eigentlich der Chef von denen, dieser Halley. Den habt ihr doch auch auf dem Kieker. Muß ja ein schwerer Junge sein, was?« Und den beiden dämmerte es, daß der Typ wohl kaum ein begeisterter Sternengucker war, der ihnen einen Geheimtip zum Deponieren ihres Fernrohrs anbieten wollte.

Den endgültigen Durchblick bekamen sie allerdings erst, als sie bei dem Dicken vorm Schreibtisch saßen.

Herodes trug einen Trachtenanzug, bot ihnen ein Bier an, was absolut tödlich gewesen wäre, und lachte sich schief, als sich Balthasar vorstellte.

»Auch ein König, aber wohl runtergekommener Adel, was?« prusteste er quer über die Akten. Balthasar Königs äußere Ausstattung hätte den Verband der Bekleidungsindustrie zugegebenermaßen nicht gerade in Verzückung versetzt. Alles Massenware aus Billiglohnländern.

»Vom ersten Honorar legst du dir am besten sofort einen Burbery zu«, flüsterte der Bekloppte von hinten, »nicht auffallen ist alles in diesem Job!«

Dieser Mensch hatte sie also für zwei potentielle Interessenten für eine Mitarbeit beim Verfassungsschutz gehalten und zur Vertragsunterzeichnung zu seinem obersten Dienstherrn geschleppt. Denn der Dicke brauchte jede Menge Leute. Hinter jeder Ecke witterte er Staatsfeinde, die es wagten, an seiner Politik rumzumeckern oder sogar dagegen zu opponieren, und jetzt, bei der Volkszählung, trieben sie es besonders dreist.

Außerdem war da auch noch die Sache mit der Wurst. Aber das war eine Gefälligkeit seinem Schwager gegenüber, die hatte eigentlich nichts mit der reinen Verfassungsschutzarbeit zu tun.

»Erst observieren, dann einkassieren«, rezitierte jetzt jemand aus dem Sessel in der Ecke heraus und bat höflich um ein weiteres Bier.

»Noch zwei Bier!« brüllte Herodes durch die Gegensprechanlage und versuchte, Kaspar und König eine kleine Einführung in die Wichtigkeit ihrer zukünftigen Arbeit zu geben. Es schien, als hielte er sich für den größten Friedensfürsten aller Zeiten, dessen Wirken allerdings durch lästige Störer immer wieder torpediert würde.

»Tun wir Waffen raffen, gibt's Frieden hienieden«, pflichtete Quirinius bei und war ganz stolz auf die neue Reim-Variation, während der Dicke den beiden Stern-Fans noch einen Vortrag über die staatszersetzende Wirkung von Wurst-Spionage bot. Wobei er es für besonders verwerflich hielt, geheime Zusammensetzungen mit dem Ziel der Geschäftsschädigung an die Öffentlichkeit zu bringen.

»Unsere Wurst ist der Eckpfeiler unserer Wirtschaft und die Grundlage unseres Wohlstands. An ihr darf nicht gerüttelt werden!« sagte der Dicke und nahm sich vor, diesen genialen Satz später seiner Sekretärin zu diktieren. Den konnte sein Schwager, der Schweinebaron, sicher prima für die Öffentlichkeitsarbeit der »Südschwein« verwenden, falls die Empörung über angebliche unerlaubte chemische Zusätze in der Wurst von »Südschwein« doch größere Kreise ziehen sollte. Dann bekam er feuchte Augen, weil seine Sekretärin mit dem Bier hereinkam.

17. Kapitel

Kein griechischer Wein

»Wenn die wenigstens Udo Jürgens oder Heino auf dem Programm hätten!« knötterte der Punker mit der Ringelhose, »noch eine Nacht halte ich das einfach nicht durch. Ich glaub, ich lasse mich doch in den Innendienst versetzen.«

Der Morgen nach einer Rock-Nacht ist selten von Heiterkeit erfüllt, und nicht anders war es auch beim »Star-Festival«.

Aber dann kam doch Leben in die allgemeine Müdigkeit und Trägheit, als das blonde Mädchen von der Ini-Gruppe, das per Mikrophon Geburtshelfer angeheuert hatte, alle Wigwams und Schlafsäcke abklapperte, um igendwelche Flugblätter zu verteilen.

Der Rocker mit dem Walky-Talky schoß von seiner Astgabel hoch.

»Gestern diese verschlüsselte Botschaft durchs Mikro, heute das gleiche Engelken mit einer Flugblatt-Aktion. Wenn das keine brandheiße Spur ist!« juchzte er und schickte die Ringelhose zum Flugblattsammeln. Fähig wie der Herr Kollege war, brachte er auch noch eine Pulle roten Franzosen und ein Käsebaguette mit. Proviant war immer gut.

»Siehe, ich verkünde euch große Freude, denn heute nacht ist ein Kind geboren . . ., wir brauchen also dringend Strampler, Pampers etc . . . Bitte im Ini-Zelt abgeben«, las der Rocker kurze Zeit später.

»Klarer Fall von Verschlüsselung, wie gestern abend, das riecht deutlich nach Beförderung.«

Sie schnürten ihr Leichtgepäck zusammen und stiegen vom Baum. Jetzt würde es rundgehen. Schon völlig auf dem Action-Trip, rauschten sie in den Asylanten, der seine Rosen in einem Eimer hinter der Frittenbude deponiert hatte.

»Du hier verschwinden!« pfiffen die beiden ihn an.

»Ich hole nur meine Blumen«, sagte der Asylant entschuldigend.

»Du Ausweis?« wollte jetzt der Rocker wissen. Aber Melli dachte nicht im Traum daran, diesem Fiesling seine Bescheinigung von der Ausländerbehörde unter die Nase zu halten. Andererseits hatte er ziemlich Schiß, daß er seinen Blumen-Job verlieren und nur noch im Lager rumhängen würde, wenn es hier Ärger gäbe und die Bullen kämen.

»Du keinen Namen?« Jetzt wurde die Ringelhose ernsthaft böse, woraufhin Melli beschloß, die beiden auszutricksen.

»Mein Name ist Melchior Aresti, ich komme aus Eritrea, war Chefkoch in einem internationalen Hotel und wünsche den Herren noch einen schönen Tag.«

Damit klemmte er sich die Hollandware unter den Arm und machte sich auf den Weg Richtung Dorf.

In unbegründeter Siegerlaune wollten die zwei Kollegen dann das Ini-Zelt von innen observieren, hatten aber nicht den Hauch einer Chance, weil unglaubliche Mengen von Leuten mit Kleinkindern aller Art und Paketen aller Größe wie die Hühner durcheinanderliefen und keiner Bescheid wußte, wer nun eigentlich zuständig war.

»Wie bei uns auf dem Weihnachtsbasar«, stellte die Ringelhose fest.

»Die ziehen ihre Show wirklich absolut perfekt durch. Dabei ist dies reine Mache, die totale Täuschung. In den Pampers-Kartons schleifen die garantiert jede Menge Bomben durch die Gegend«, flüsterte der Rocker, der ein Fan von James Bond war und sich nie täuschen ließ. Das Problem war nur, den geheimen Treffpunkt der Bande rauszukriegen.

»Seid ihr nicht die Typen mit dem VW-Bus?« sprach sie da von hinten das blonde Mädchen an, »wir sitzen ziemlich in der Klemme, weil die Kontrolletti-Gruppe diesmal das Auto genommen hat und wir doch den Kinder-Kram verfrachten müssen.« Der Rocker und die Ringelhose waren nicht ganz sicher, ob subversives Material mit einem Wagen des Verfassungsschutzes transportiert werden durfte und guckten deshalb erstmal sehr perplex.

»Ist doch mal wieder typisch, ey! Kaum könnt ihr mal was tun, kneift ihr! Sich aber die ganze Nacht den Super-Sound reinziehen, das geht, was?« Ringelpunki verstand überhaupt nicht, wieso die Blonde so stinkig war. Am liebsten hätte er ihr jetzt mal ordentlich die Meinung von wegen Udo Jürgens und Heino gesagt, konnte sich aber gerade noch mal bremsen.

Der Rocker suchte währenddessen bereits nach den Autoschlüsseln, hatte aber schon jetzt einen Horror vorm Ausfüllen des Formulars »Mitführung außerdienstlicher Gegenstände in einem Dienstfahrzeug während der Dienstzeit«.

18. Kapitel

Der Sternenhimmel wird langsam nervig

Aus dem Palast vom Dicken rauskommen und ins Auto springen war eins gewesen. Wenn das so weiterlief, würden sie nie rechtzeitig zum freudigen Ereignis nach Bettelheim kommen, und die Halley-Beobachtung könnten sie sich in ein paar Jahrzehnten noch mal vornehmen.

Also preschten sie mittels Kavalierstart los und überfuhren mehrere gelbe Ampeln. Fred C. Caspar nahm sich fest vor, abends im Hotel noch einige Notizen zu machen. Wenn er demnächst seine Memoiren schreiben würde, müßte die Geschichte mit dem Bekloppten natürlich unbedingt mit drin sein.

Während er noch über den Titel seines Bestsellers nachdachte und zwischen »Star unter den Sternen« und »Ein Leben für die Sterne« schwankte, troff aus dem Autoradio schon wieder eine Schnulze nach der anderen. Ganz gegen seine sonstigen Gewohnheiten und Vorlieben war Kaspars Schmerzgrenze schließlich bei dem Song »Sternenhimmel« eindeutig überschritten, zumal Dr. König lauthals mitsang und dabei ständig wie ein Verrückter Rubbellose bearbeitete.

»So kommst du nie auf einen grünen Zweig«, seufzte er, stellte das Radio ab und beschloß, sich beim Programmdirektor über dämliche Musik und dämliche Moderatoren zu beschweren, »du solltest lieber auf mein Angebot einsteigen und Auftrag-Horoskope übernehmen.«

König fand das überhaupt nicht witzig und gröhlte aus Rache und vollem Hals »Sternenhimmel«! Er hatte gerade einen ausgewachsenen Haß auf Kaspar. Über das Angebot von Herodes hatte der nur gelacht, das war überhaupt keine Summe für den gewesen. Aber er hätte sich sofort einen neuen Käfer kaufen können, zumindest einen gebrauchten. Fred C. hatte sich nur ein müdes Grinsen abgerungen und brauchte jetzt natürlich kein schlechtes Gewissen zu haben, weil er schwankend geworden war. Dafür fingerte der schon wieder verfressen im Handschuhfach nach einem Mars rum. Wenigstens fand er keins, nur einen Stapel Knöllchen für Geschwindigkeitsübertretungen, sprich Raserei.

Mit quietschenden Reifen hielt der Daimler vor einem Restaurant. Balthasar merkte erst jetzt, wie hungrig er selber war.

»So ein Mist. Unser Ausflug scheint tatsächlich unter einem etwas unglücklichen Stern zu stehen«, fluchte Fred C. Er hatte sich vergeblich aus dem Wagen gehangelt, denn die Kneipentür war verrammelt. »Wir haben gestern genug verdient – deswegen heute geschlossen«, hatte jemand auf einen Zettel geschrieben, der hinter der Scheibe klemmte.

»Sag ich doch, Geld verdirbt den Charakter«, konnte Balthasar sich nicht verkneifen. Er wurde immer fröhlicher, je unleidlicher Fred C. zu werden schien. Die dritte Kneipentür war sowohl zettelfrei als auch unverschlossen. Unter dem goldenen Stern, der darüber hing, begruben Fred C. Kaspar und Dr. Balthasar König ihren kollegialen Zwist.

»Es geschehen noch Zeichen und Wunder«, stöhnte Kaspar und ließ sich gleich an den ersten Tisch plumpsen. König fiel daneben, ihm war von der Aufregung und der hektischen Rumgurkerei mit klapperndem Magen kotzübel.

Der »Goldene Stern« war nicht gerade dicht bevölkert. In der hintersten Ecke hockte ein dicker Mann, der ständig vor sich hinbrabbelte, dann ein leeres Bierglas Richtung Theke reckte und »Jib de jute Willy noch 'ne lecker Kölsch!« rief.

Neben der Musikbox saß ein Mensch mit Anzug, Brille und Aktentasche, der heftigst auf einen Bauern einredete, wobei Fetzen wie »Auftragsmast«, »guter Verdienst« und »Höchstpreise« bis zu den beiden neuen Gästen rüberdrangen.

»Die spinnen, die Schweinefabrikanten«, wollte Balthasar König gerade sagen, als ihm auffiel, wie abgedroschen dieser Spruch inzwischen war. Also sagte er statt dessen: »Eine Pizza Margherita und einen Barbera, bitte.«

Guiseppe schwankte nämlich inzwischen mit bedenklich grauer Nase vor ihrem Tisch. Die Nacht war entschieden zu hart für ihn gewesen. Wenn er so weitermachte, würde er in absehbarer Zeit einen Hörsturz kriegen.

Als er dann in die Küche geschlichen war, packten Fred C. und Balthasar friedlich vereint ihre Sternenkarte der nördlichen Hemisphäre auf den Tisch und badeten sich in Vorfreude. König war mittlerweile sogar wieder so aufgekratzt, daß er sich zur Musikbox rüber traute und E 7 für »Sternenhimmel« drückte. Leider erwischte er jedoch D 7.

»Oh, when the Saints go marchin' in«, jaulte los.

19. Kapitel

Keks und Schokolade

»Super-Service«, hatte Fred C. anerkennend gemurmelt und war in den Grüner-Plan-Weg mit der Stern-Markierung reingeröhrt.

Daß es sogar einen speziellen Halley-Beobachtungsplatz gab und der auch noch astrein ausgeschildert war, hatte ihnen natürlich mal wieder kein Mensch gesagt. Zwei, drei von den Pappsternen wollte er unbedingt mitgehen lassen. Für seine Sammlung. Aber erst auf dem Rückweg.

Nur ein paar Minuten später konnte er das ABS-System seines Daimlers loben. Er hatte nämlich eine Vollbremsung hinlegen müssen, weil ihnen mitten auf dem Weg eine Gestalt entgegengetrabt kam.

»Entweder Teneriffa oder Sonnenbank«, vermutete Kaspar,

»Quatsch, das ist reine Natur. Ich tippe auf Eritrea«, klärte ihn König auf und stieg aus dem Wagen. Als Mitglied von Amnesty International fühlte er sich irgendwie verpflichtet.

Melli war auch für ein Schwätzchen zu haben und notierte sich später ganz happy Königs Telefonnummer. Falls er mal Hilfe brauchen würde. Als Gegenleistung fragte er die beiden, ob sie nicht Lust hätten, mit zu einer Geburtsfete zu kommen. Es wäre gleich hier um die Ecke, hätte er gehört.

Und weil Kaspar und König so gut wie am Ziel waren, darüber hinaus Halley auch erst am Abendhimmel auftauchen würde, hüpften sie zu dritt in den Daimler, stachen ein paar Meter zurück in einen Seitenweg und parkten vor der Schweinefabrik.

»Wem Gott will rechte Gunst erweisen, den schickt er in die Wurstfabrik . . .«, trällerte König, wurde aber von einem mordsmäßigen Geschrei übertönt, das die Säue regelmäßig dann losließen, wenn sich die vollautomatischen Futterbänder in Bewegung setzten. Alle vier Stunden geschah das hier.

Juppi und Maria konnten solcher Art Geräusche nicht mehr umhauen.

Dagegen waren sie mehr als erstaunt, als die Schiebetür schon wieder aufgewuchtet wurde und die nächsten drei Besucher reinkamen.

Die Festival-Freaks mit der Notversorgung waren kurz vorher eingetrudelt, und die Geburts-AG war natürlich auch noch da. Alle hatten sie sich's richtig gemütlich gemacht, hockten auf Kisten, auf den Stangen der Sauen-Boxen oder auf dem Boden herum. Und in der Ecke auf dem Sofa machte Maria sich lang, Juppi und das Baby im Action-Bag neben sich.

Dieser Action-Bag für 9,90 DM bei Hertie hatte sich echt schon bezahlt gemacht. Erst hatten sie ja keine Ahnung, wo sie das Baby reinpacken sollten. Aber dann hatten sie die Wolldecke aus den Beständen der Festival-Spenden in die ausgeräumte Leinentasche gezwängt und das Schaffell, das Juppi sich sonst wegen der Rückenschmerzen unters Kreuz schob, draufgelegt.

»Not macht erfinderisch, da haben Säuglinge wahrscheinlich schon in ganz anderen Behältnissen gelegen«, strahlte Juppi, hievte den Action-Bag an den beiden Tragriemen hoch und fragte sich, wieso er sich zu Hause eigentlich so unnötig einen beim Basteln der Wiege abgebrochen hatte.

Just in diesem Moment also wurde die Türe aufgeschoben, und die drei neuen Gäste stolperten herein. Fred C. Caspar stolperte tatsächlich, und zwar über einen Pampers-Karton, den er bei der trüben Beleuchtung nicht ausgespäht hatte. Dr. Balthasar König ging ebenfalls in die Knie, aber nur dewegen, weil er Maria vom Basic-Kurs an der Volkshochschule kannte, wo er sich ungeheuer in sie verknallt hatte.

Und auch Melli mußte sich setzen. Aber mehr aus Hunger. Er hatte seit den kalten Fritten von Hedi gestern abend nichts mehr gegessen. Trotzdem war er der erste, der die Fassung wiederfand. Er robbte zu Maria rüber und drückte ihr den Rest seiner Rosen in die Hände. An den Ärger, den das bei der Abrechnung mit seinem Boß geben würde, verschwendete er vorerst keinen Gedanken.

Ein kleines Präsent mußte schon drin sein, fand auch Balthasar, als er sich vom ersten Schock erholt hatte. Er sprintete zurück zum Daimler, holte sein Lieblingsbuch aus der Reisetasche und schob es Maria aufs Sofa.

»Das Parfum« von Patrick Süskind.

»Echt dufte Geschichte«, schwärmte er, und ein Mensch mit Trenchcoat und Fotoapparat, den man offensichtlich unter Androhung von Tätlichkeiten überzeugt hatte, das Knipsen zu unterlassen, pflichtete bei. Dann besprühte er sich unter seinem Mantel.

Nur Kaspar stand ziemlich blank da. Er zog kurz entschlossen sein Scheckheft aus der Tasche, füllte einen der Lappen aus und gab ihn Juppi rüber.

»Typisches Mackerverhalten«, kommentierte Hanni, die Hebamme, diese Geste. »Wer hat denn hier die ganze Arbeit gemacht?«

Das war Fred C. denn doch sehr peinlich. Er durchsuchte seine Manteltaschen und stieß dabei glücklicherweise auf ein vergessenes Päckchen Bahlsen-Kekse. Die mit Keks und Schokolade. Schweren Herzens trennte er sich von ihnen, obwohl er sie eigentlich nur gekauft hatte, weil er die Kino-Reklame dafür so gelungen fand. Darin kam ein Astrologe an seinem Fernglas vor, der diese Kekse im All entdeckt hatte.

Sein Geschenk fand jedoch kaum Beachtung, weil Maria gerade mit Hanni darüber diskutierte, ob eigentlich die Zusätze in der Wurst oder die Medikamente im Fleisch bedenklicher seien. Unter den Spenden war nämlich auch eine Dose mit Würstchen. Dann wurde es feierlich.

»Kinder an die Macht«, forderte Melli. Und die Besucher vom Festival riefen »Bravo!« und »Venceremos!«, was den Rocker und Ringelpunki veranlaßte, sich weiter eifrig Notizen zu machen.

Die beiden waren schon bei ihrer Ankunft unangenehm aufgefallen, weil die Ringelhose nicht gerade einen genialen Auftritt geboten hatte. Mit einem kurzen Blick aufs Baby hatte er cool festgestellt: »Typischer Fall von Himmelfahrtsnase!«

20. Kapitel

Der Dicke ärgert sich schwarz

Der Bierkrug segelte in elegantem Bogen quer durch den Saal.

Im Gegensatz zu sonstigen Würfen dieser Art war der Krug diesmal gefüllt. Zumindest war er es bei seinem Start gewesen, denn der Dicke hatte erst einen einzigen Schluck genommen, als der Wutanfall ihn übermannt hatte.

»Man darf von den Bieren nun alle importieren!« Mit diesen Worten war Quirinius feuchtfröhlich mit der News rausgeplatzt, daß Chef Augustus beschlossen habe, daß das Reinheitsgebot für Bier die Grenzen von Herodes' Domäne nicht mehr dicht machen durfte. Die Einfuhrsperre für römisches Chemie-Bier war damit hinfällig und der inländische Biermarkt ins Chaos gestürzt.

So sah es jedenfalls der Dicke.

Der Bierkrug segelte also in elegantem Schwung in Richtung Tür und wurde dort mittels eines gewagten Hechtsprungs vom VS-Rocker in Eike-Immel-Manier gehalten, so daß die allgemeinen »Tor«-Rufe in den Gurgeln erstarben.

Während die Sekretärin noch jammernd auf dem Teppichboden rumrobbte und verzweifelt an den Flecken rubbelte, tigerten der Rocker und die Ringelhose zum Schreibtisch, lieferten das Geschoß wohlbehalten ab und schmissen sich dann in die Ledergarnitur.

Quirinius hatte von diesem Dienstgespräch erst mal die Nase voll und verabschiedete sich frustriert. Sein letzter Reim erstickte im Keim.

»Echt heiße Kisten, die wir da observiert haben, Boß«, packten die beiden Späher jetzt aus, »wir haben jede Menge Schweinereien entdeckt.«

So farbenfroh, wie ihre Beamtensprache es hergab, kam nun ihr Dienstwochenende auf den Tisch des Dicken: die verschlüsselte Flugblatt-Botschaft, das konspirative Treffen im Schweinestall, die Diskussionen über die Zusammensetzung von Würsten und das Geheimmaterial im Pampers-Karton.

Herodes bekam lange Ohren, rote Backen und schmale Augen.

Wie er vermutet hatte! Die Hetzkampagne gegen die heimische Wurst- und Fleischwarenindustrie, respektive gegen seinen Schwager von »Südschwein«, kam aus der gleichen Ecke wie die Hetzkampagne gegen die Volkszählung! Was allerdings immer noch völlig rätselhaft war: Wie war die Liste über die Wurstzutaten von »Südschwein« bekannt geworden und in Umlauf gekommen? Aber das würde er auch noch rausbekommen.

»Wurstfeind ist Staatsfeind!« brüllte er plötzlich und stürzte zu seinem Schreibtisch rüber, wo er aufgeregte Anweisungen auf sein Kassettengerät diktierte. Derweil probierten der Rocker und die Ringelhose die Cognac- und Whiskyflaschen durch, die auf dem gläsernen Couchtisch drapiert waren.

Der Dicke hatte beschlossen, eine Ringfahndung anzuordnen und flüsterte jetzt seine Fahndungsinformationen ins Diktiergerät. Jede Person mit aufgestempeltem Stern und alle Vegetarier sollten gespeichert werden, denn die waren mit Sicherheit Staatsfeinde und Wurstfeinde und vor allem war Jagd auf diese gefährliche Schweinestall-Bande zu machen. Erkennungsmerkmal: zwei erwachsene Wurstverächter, die ein wenige Tage altes Kleinkind in einer Tragetasche mit sich führten.

Wegen des verdächtigen Pampers-Kartons mußte er sich erst noch ans Telefon hängen, um mit den Kumpels von der Windelindustrie abzuklären, ob der Produktname fallen sollte oder nicht.

»Aha, Kampf der Schleichwerbung«, vermutete der benebelte Rocker, der aus Berufsgründen immer alles mitkriegte.

»Negativ-Werbung ist auch eine Werbung«, drang es vom Pampers-Chef freudig-erregt aus dem Hörer. Er war gerade dabei, zusammen mit seinen Werbefachleuten einen neuen Werbegag auszutüfteln: Jede Höschenwindel sollte als Kaufanreiz ein grünes Krokodil aufgedruckt bekommen. Die Verhandlungen mit Lacoste liefen bereits. Aber Schlagzeilen durch die Fahndung waren natürlich eine geniale Werbung und würden keinen Pfennig kosten!

Der Dicke hörte am anderen Ende der Leitung einen Sektkorken knallen und bekam für die Werbeaktion per Fahndungsplakat eine Einladung zur nächsten Diplomatenjagd angeboten. Ein Super-Hirsch wäre für jeden zum Abschuß garantiert, die würden wie immer aus Rumänien eingeflogen und den Hobbyjägern vor die Flinte gescheucht.

Weil Herodes ein Sensibelchen war, bekam er schon wieder feuchte Augen vor Freude und schneuzte sich in sein weiß-blau gewürfeltes Taschentuch. Die Katastrophe mit dem Chemie-Bier fand er jetzt schon lange nicht mehr so schlimm.

21. Kapitel

Ewig diese Extra-Touren

»Das kommt erst später dran«, hatte Maria gegrinst, als Ringel-Punki, um gut Wetter zu machen, die Flasche roten Franzosen und das Käsebaguette aus dem Leichtgepäck gekramt und dem Baby in den Action-Bag gedrückt hatte. Juppi war mit seinem Schweizer-Armee-Messer den Kampf gegen den Korken angegangen, doch noch bevor die Bottel die Runde machte, hatten sich die beiden Dunkelmänner abgesetzt, um ihren Bericht an den Mann zu bringen.

Seitdem war es in der Schweinefabrik ruhiger geworden.

»Das krieg ich schon irgendwie hin«, ächzte Dr. Balthasar König, als er sich wieder unter der Suzuki rausgewunden hatte. Die Schweinefabrik konnte kein Dauerdomizil sein, also mußte dringend beraten werden, wie es jetzt weitergehen sollte. Fred C. hatte die überzeugende Idee gehabt, daß König die Suzuki übernehmen sollte, statt Schrott-Käfer sozusagen. Um dieses Geschäft hinter sich zu bringen, zückte er denn mal wieder die Brieftasche und blätterte Juppi und Maria ein Bündel Scheine auf die Knie. Mit der frischentbundenen Maria und dem Baby auf der Suzuki, das wäre eh nicht das Gelbe vom Ei gewesen, da war die Bundesbahn doch passender.

Dann packte Hanni das traute Paar samt Nachwuchs und Präsenten in ihren R 4. »Eine Nacht im Schweinestall muß reichen«, sagte sie energisch und bot ihnen ihr Zwei-Zimmer-Appartement als Übergangswohnheim an. Daß die Entbindung ohne Komplikationen geklappt hatte, war für sie sowieso ein Wunder, bei diesen hygienischen Verhältnissen.

»So haben die Leute vielleicht vor 2000 Jahren ihre Kinder gekriegt, aber heute ist das weiß Gott nix mehr!« brummelte sie und schaute nach, ob sie auch nichts hatten liegen lassen.

Die Party war also vorbei, die Gäste machten sich auf den Heimweg, und Kaspar und König schleppten Melli mit, der auch ein Fabel für Sterne hatte und außerdem Horror vor dem Filialleiter. Da mußten sie sich etwas einfallen lassen. Aber erst mal war jetzt endlich Halley dran. Es wurde schon dunkel.

»Nu isser völlig gaga, der Dicke!« sagte Hanni am nächsten Morgen käseweiß. Schon in der Montagszeitung stand ein ausführlicher Bericht über das staatszersetzende Rockfestival. Von Wurst war jedoch nichts zu lesen, die sollte wohl vorerst noch unterm Teppich bleiben.

»Gesucht werden zwei erwachsene Wurstverächter, die ein wenige Tage altes Kleinkind mit sich führen«, las sie laut vor, und allen war schlagartig klar, daß die näheren Umstände, die dort beschrieben wurden, eindeutig belegten, daß es sich bei diesen Wurstverächtern um Juppi und Maria handeln mußte.

»Wieso eigentlich ›Wurstverächter‹?« fragte Hanni und sah auf Maria, die gerade herzhaft in ein Salami-Brötchen biß.

»Ich weiß wirklich nicht mehr, in was für einem Spiel wir hier eigentlich mitspielen«, stöhnte Juppi. Er war eh schon nicht besonders gut gelaunt, weil es bei Hanni kein Nutella gab. Das wäre ungesund, hatte sie doziert. Außerdem hatte er von diesen ewigen Extra-Touren genug. Er wollte nur ein hundsnormales Leben führen, aber seitdem er mit Maria zusammen war, ging irgendwie alles in die Hosen.

»Ich würde an eurer Stelle ja erst mal ein paar Wochen ins Ausland gehen«, schlug Hanni vor und schraubte das Honigglas zu, weil sie fand, drei Honigbrote müßten Juppi reichen. Der Junge bekam ja schon einen Bauch unter seiner Latzhose. Sie rief bei einem alten Freund an, der gerade für drei Jahre an einer Auslandsschule arbeitete, und sagte, er solle doch mal das Reservebett aus der Mottenkiste ziehen, es käme Besuch.

In einer Nacht-und-Nebel-Aktion karrte Hanni die »zwei erwachsenen Wurstverächter« mitsamt ihrem Kleinkind zum Bahnhof.

»Besser ständig auf Achse, als nur unter den Rädern«, seufzte Maria, als sie sich in ihrem Abteil einrichteten. Nur gut, daß sie damals beim Sonderangebot von Action-Bags gleich zugegriffen hatten.

22. Kapitel

Schampus für alle

Im »Goldenen Stern« war schon wieder die Hölle los.

Zu dem üblichen Andrang hatte Guiseppe ausgerechnet heute abend auch noch seine erste Veranstaltung laufen. In der Scheune, aus der er mit öffentlichen Mitteln einen Mehrzwecksaal gebaut hatte, weil der Schweinebaron einen geeigneten Tagungsraum suchte, prügelten sich gerade die Leute um Karten für die Dia-Schau von Reinhold Messner. Weil der Saal von der Feuerpolizei wegen Überfüllung geschlossen werden mußte, waren die Fans erst die Wände hoch gegangen, dann aber doch lieber in die Kneipe gekommen.

»Mal gut, daß wir unsere Betten schon reserviert hatten«, meinte Kaspar, für den bekanntlich ein gutes Bett immer das Wichtigste vom ganzen Tag war. Sie waren alle noch total high, weil Halley so gut zu sehen gewesen war und auch das Wetter mitgespielt hatte.

Kaspar zeigte sich in Gönnerlaune, spendierte eine Flasche Schampus und versprach, dieses Mal Melli auf der Couch in seinem Zimmer nächtigen zu lassen. König erging sich derweil in Zukunftsphantasien. Er hatte bei der Halley-Beobachtung einen Fernsehredakteur durch genaueste Sternen-Kenntnisse beeindruckt und daraufhin eine Einladung zu einer Sendung bekommen. Vielleicht könnte er diese Kontakte ausbauen. Und das Fernsehen zahlte ordentlich.

»Mama mia«, jammerte es in diesem Moment in voller Phonstärke aus der Küche. Diesmal war es nicht Guiseppe, sondern seine Frau Franca, denn Guiseppe konnte keinen Mucks mehr rausbringen. Er war in der Küche vorm Spaghettitopf zusammengebrochen und hockte nun auf einer Kiste mit Tomaten in der Dose.

In der Gästeliste hatte Franca entdeckt, daß Balthasar König einen Doktor vor seinem Namen hatte, zerrte ihn von seinen Rigatoni weg und in die Küche rein. Kaspar und Melli hängten sich natürlich sofort mit dran.

Guiseppe sah inzwischen zwar immer noch etwas verknittert, sonst aber wieder einigermaßen lebendig aus. Vorsichtshalber checkte Balthasar, der als Zivi beim Roten Kreuz gewesen war, noch den Puls, der deutlich raste. Aber da kam Guiseppe schon wieder auf Touren. Er rührte im Spaghettitopf, jammerte nun seinerseits »Mama mia« und erklärte dann, daß er eben unbedingt eine Hilfe für seinen Laden brauche.

Da sah Melli die Chance seines neuen Lebens in Anmarsch, bewarb sich auf der Stelle und im Küchendunst und sank seinerseits auf die Kiste mit Dosentomaten, als Guiseppe ihn vom Fleck weg engagierte.

»Schampus für alle!« gröhlte daraufhin Fred C. Kaspar, meinte allerdings, wie sich später herausstellte, nur seinen Tisch plus Guiseppe,

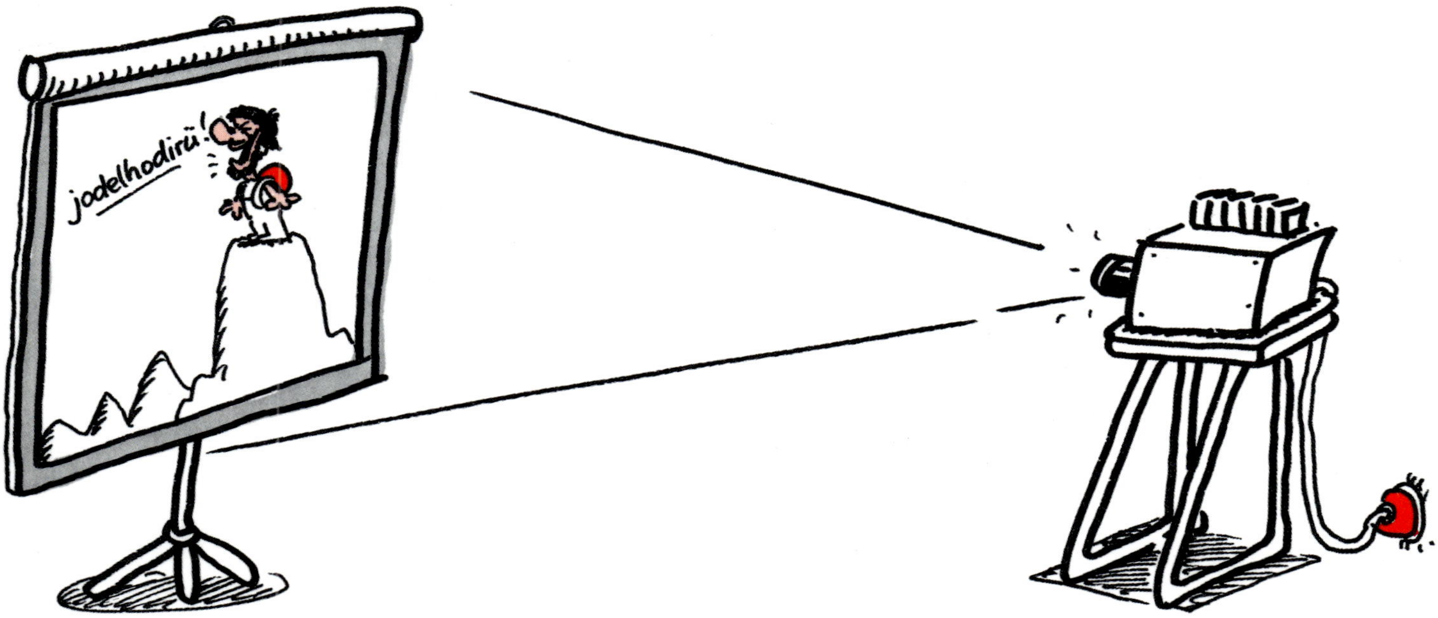

Franca und Reinhold Messner, der inzwischen seine Dia-Schau abgespult und seine Bücher komplett verkauft hatte. Dafür hing er aber auch abgeschlaffter in den Seilen als nach der Besteigung des Mount Everests ohne Sauerstoffgerät.

Derweil fing Fred C. insgeheim an nachzurechnen, welche Belastung bisher für sein Visa-Konto zusammengekommen war. Mit König besprach er schnell noch, daß er am nächsten Morgen zwar mit dem Daimler die Ersatzteile für die Suzuki besorgen, dann aber nach Hause abzischen würde, und ließ sich einen Stock höher in sein Bett fallen.

Diese Runde vom »Goldenen Stern« traf sich von da an regelmäßig einmal im Jahr. Bis auf Reinhold Messner, der den Termin nie einhalten konnte, weil er entweder mit seiner Dia-Schau tingelte oder aber das eingespielte Geld bei der Besteigung eines Achttausenders ausgab.

Melchior Aresi zeigte einwandfreie Arbeit, wurde von Guiseppe auch bald zum Geschäftsführer gekrönt und bekam schließlich auch eine unbefristete Aufenthaltsgenehmigung.

Dr. Balthasar König arbeitete unregelmäßig als Experte fürs Fernsehen, kam aber über einen Käfer nie hinaus. Einmal vermittelte er Fred C. Caspar für eine Sendung über den ewigen Zwist von Astrologie und Astronomie. Schon kurz drauf hatte Fred C. seine eigene regelmäßige Stundensendung und wurde mit seiner öligen Stimme, den grauen Schläfen und himmelblauen Augen zum absoluten Publikumsliebling mit Einschaltquoten von sechzig Prozent.

Die Programmzeitschriften und Boulevardblätter schlugen sich um Interviews mit ihm und Storys über ihn. Und irgendein findiger Reporter grub später auch das jährliche Meeting im »Goldenen Stern« aus.

»Ewige Freundschaft unterm Sternenhimmel«, nannte er sein Rührstück.

23. Kapitel

Halali für eine Wurst

Ein paar Monate nach Halley segelte mal wieder etwas quer durch Herodes' Arbeitszimmer und landete auch tatsächlich dort, wo es landen sollte. Es war sein Tirolerhut, der jetzt am kapitalen Zwölfender baumelte, der frisch präpariert von der Wand prunkte.

Auf seinen Zwölfender war der Dicke stolz wie Oskar. Allerdings hatte er niemandem erzählt, daß es bei dieser Jagd gewisse Komplikationen gegeben hatte. Erst hatte er eine Kuh mit einem perfekten Blattschuß niedergestreckt, aber da war ihm schließlich auch die Brille abhanden gekommen. Später hatte dann dieses dämliche Viech von Hirsch dermaßen panisch gezappelt, als die Jagdhelfer es ihm vor die Büchse scheuchen wollten, daß er seinen Treffer nur in die Weichteile landen konnte. Aber am nächsten Tag hatte er ihn dann endgültig erwischt.

Sein Jagdglück bei der Revoluzzer-Hatz war dagegen eher mager ausgefallen. Vielleicht sollte er seine Leute doch zur Ausbildung nach Südafrika schicken.

Auch die Pampers-Fahndung war voll in die Hose gegangen. Zwar erstickte das Amt für Verfassungsschutz immer noch in Windeln, aber interessantes Material hatte nur ein einziger Karton erhalten, und das entpuppte sich später als Beipackzettel für Beruhigungszäpfchen.

»Aber bitte mit Mostrich«, schnaufte der Dicke, als seine Sekretärin ihm die Post auf den Schreibtisch häufte und mit der Bestellung fürs zweite Frühstück entschwand. Dann knöpfte er sich den Bericht über die geänderten Bier-Trinkgewohnheiten vor und schwoll dabei gefährlich an.

»Das säuft dieses Chemie-Zeug voller Begeisterung, dieses kulturlose Gesindel!« grunzte er, nach Luft schnappend, aber da kamen zum Glück gerade sein Bier, die Blutwurst und natürlich auch der Mostrich.

Bei den ersten Bissen und dem Dankesschreiben der Pampers AG ging es ihm schon wieder wesentlich besser, bis Quirinius anrief, der es inzwischen für angebrachter hielt, schwierigere Fälle per Telefon zu erledigen.

»Ob dick oder dünn, ob weiß oder rot – die Römer verordnen der Wurst ein Reinheitsgebot«, säuselte er in die Muschel.

Beim Dicken war daraufhin erst mal Sendepause. Dann mußte Quirinius seinen Spruch nochmal runterleiern und fügte erklärend hinzu, daß die Römer im Zuge der allgemeinen Gesundheitswelle nur noch Wurstwaren aus Fleisch, Wasser und Gewürzen zulassen würden.

Wurstsaft und Mostrich troffen aus Herodes' Mundwinkel, denn nun fielen ihm auch wieder Einzelheiten von der feucht-fröhlichen Jagdfete ein. Da hatte sein Schwager ihm doch gedroht, wenn nach dieser Hetzkampagne auch noch ein Reinheitsgebot für die Wurst eingeführt würde, würde die Wurstlobby den Dicken zur Salami machen. Dann wäre er die längste Zeit König gewesen. Und knülle, wie er gewesen war, hatte er rumproletet, er würde die Wurst schon schaukeln, hatte sich die Bedienung geschnappt und mit ihr einen heißen Schieber aufs Parkett gelegt.

»Ulp!« machte Herodes, knallte den Hörer auf die Gabel und versuchte die Wurst zu schlucken. Er wischte sich gerade das Fett von der schwitzigen Oberlippe, als seine Sekretärin reingeschwebt kam.

»Jetzt hat unsere Chemie-Wurst wohl keine Chance mehr im Ausland, was?« kicherte sie albern und spritzte noch einen Nachschub Senf aus der Tube.

»Unsere was?« explodierte daraufhin Herodes.

»Ich hab ja nur gedacht. Wegen dem ›Chemie-Bier‹«, sagte sie hastig und machte, daß sie raus kam.

So kam es, daß es keinen Augenzeugen gab, als der Dicke sich den letzten Zipfel Blutwurst in den Mund stopfte, heftig schluckte und dann nur noch ziemlich starr auf den kapitalen Zwölfender starrte.

»Ulp!« machte er ein letztes Mal.

24. Kapitel

Keine Panik auf der Titanic

»Na, dann werden wir mal wieder losstechen«, sagte Maria, schnallte den Koffer an, zurrte den Helm fest und schob den Lederrock ein Stück hoch, um sich besser auf die Vespa schwingen zu können.

Das waren schon ganz schön haarige Zeiten gewesen. Erst hatte sich herausgestellt, daß Hannis Kumpel nur ein möbliertes Zimmer sein eigen nannte. Dann hatte die Stadt sie in Container gesteckt, die extra für die Unterbringung von Asylanten auf die grüne Wiese gestellt worden waren. Zum Glück hatte der Lehrer dann doch eine größere Wohnung gefunden und sie aufs Gästebett gepackt.

Aber am gleichen Tag, nachdem die Tagesschau den Tod vom Dicken gemeldet hatte, wurden sie von ihrem Gastgeber mit dessen alter Vespa beglückt. Der war wahrscheinlich auch ganz froh, daß er die drei wieder los wurde. Jetzt knutschte er nochmal alle zum Abschied, und Maria brauste mit Vollgas und quietschenden Reifen los. Aber Juppi hatte gute Reflexe, und der Koffer hielt sich auch tapfer.

An der Grenze war Juppi völlig entnervt, weil die Zöllner die Vespa komplett auseinandernahmen und auch das gesamte Gepäck durchwühlten.

Maria saß derweil auf dem Bordstein, schob dem Kind eine Banane in den Mund und sich den Kopfhörer auf die Ohren. Sie stand inzwischen auf Klassik. Vor allem auf Bach und Händel.

»Mal keine Panik auf der Titanic! Wahrscheinlich verwechseln Sie mich mit Desirée Bethge aus dem Fernsehen«, strahlte sie die Zöllner an, als sie immer wieder auf das Fahndungsplakat schielten, weil Maria ihnen so bekannt vorkam.

Das zeigte Wirkung. Jedenfalls konnten sie jetzt ihre Sachen zusammenbasteln und wieder weiterknattern.

Aus Gründen der Nostalgie hielten sie unterwegs noch am Schweinestall, machten ein Foto fürs Familienalbum und aßen bei McDonalds, was aber ausgesprochen öde verlief.

Als sie zu Hause ankamen, brutzelte Jakob gerade eine Lammkeule und hatte auch einen Rotwein aus dem Keller geholt. Bester Laune erzählte er, daß er nie wegen der »AG-Volkszählung« oder wegen der »Südschwein«-Geschichte geschnappt worden wäre, wobei Juppi der Löffel aus der Hand fiel, weil ihm ein Licht aufging.

»Ist ja eine verrückte Geschichte, die ihr da losgetreten habt«, sagte Jakob, als Juppi und Maria erzählt hatten, was bei ihnen alles passiert war.

»Na, denn mal Prost!«

»Irgendwie hab ich das dumme Gefühl, die Story geht noch weiter«, murmelte Maria leise, nagte nachdenklich an ihrer Lammkeule und wollte Jakob gerade fragen, wie das nun genau mit dem Computer und der Wurst-Chemie-Liste gewesen wäre, da sah Jakob plötzlich aus wie Zacharias und Juppi wie Lisa, und, weil so eine schreckliche Sirene lostheulte, sie wollte weglaufen, kam aber nicht von der Stelle.

Maria schreckte im Bett hoch, stellte den Wecker ab und gähnte. *»Mal keine Panik auf der Titanic!»* brummte sie und ging zum Klo. Sie hatte ihre Tage gekriegt.